작곡가
최현일

작곡가 최현일 8

Dr.Dre 장편소설

초판 1쇄 찍은 날 § 2017년 5월 23일
초판 1쇄 펴낸 날 § 2017년 5월 30일

지은이 § Dr.Dre
펴낸이 § 서경석

편집책임 § 김슬기

펴낸곳 § 도서출판 청어람
등록번호 § 제387-1999-000006호
등록일자 § 1999. 5. 31
어람번호 § 제1-2702호

주소 § 경기도 부천시 부일로 483번길 40 서경B/D 3F (우) 14640
전화 § 032-656-4452 팩스 § 032-656-4453
http://www.chungeoram.com
E-mail § chungeorambook@daum.net

ISBN 979-11-04-91341-9 04810
ISBN 979-11-04-91056-2 (세트)

작곡가 최현일

FUSION FANTASTIC STORY

Dr.Dre 장편소설

8

[완결]

도서출판 청어람

작곡가
최현일

CONTENTS

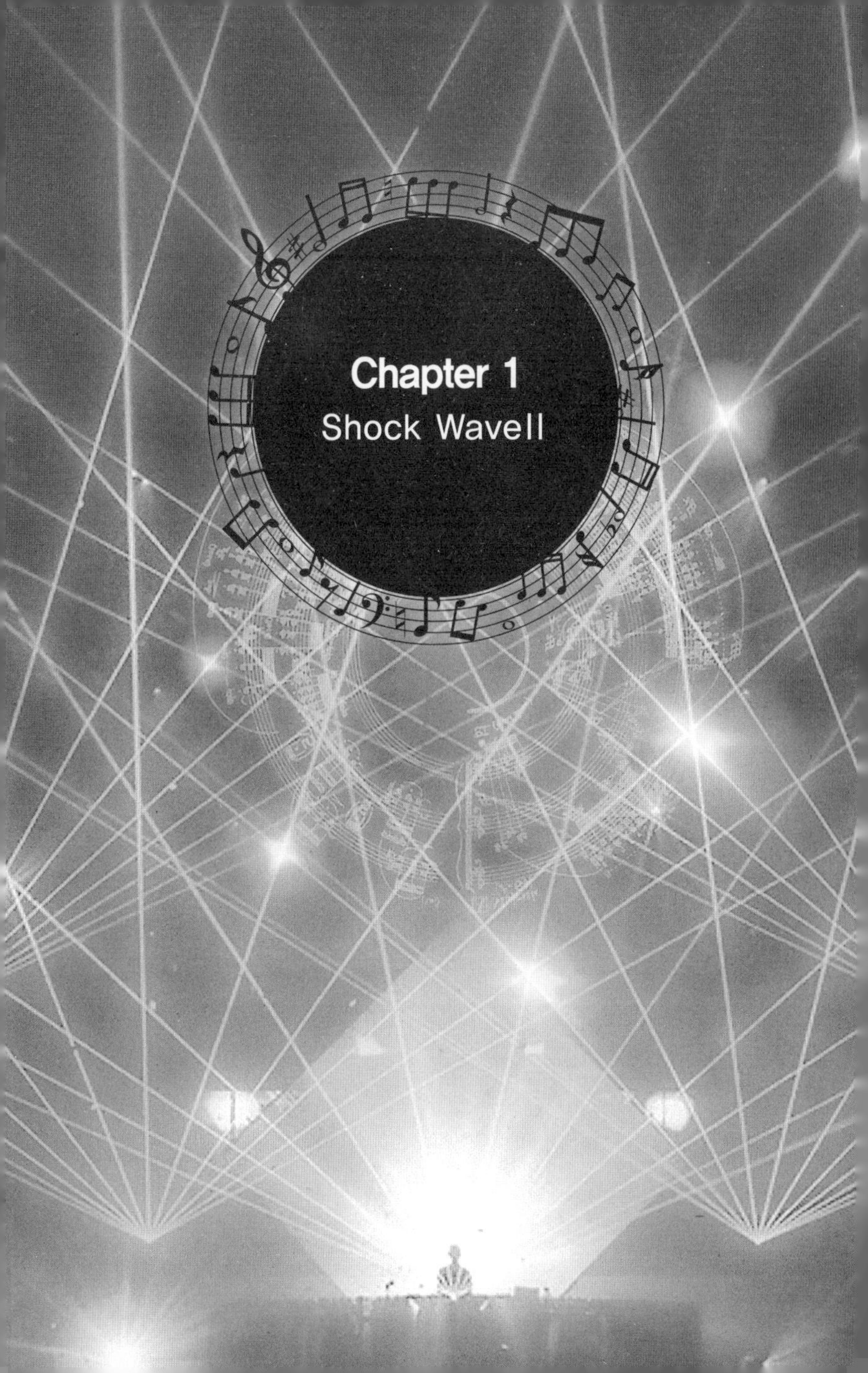
Chapter 1
Shock WaveII

—채동석 AD?

그랬다.

'붉은 혜성'의 전 멤버였던 강민수와 기타 등등의 등골을 빨아 먹기 위해 차린 매니지먼트가 쫄딱 망하고 어딘가로 도망가 버렸던 바로 그 인간이었다.

"흐익?!"

—맞죠? 채동석 씨.

그 와중에 채동석을 쫓아온 카일 도슨이 어리둥절한 표정으로 두 사람을 번갈아 보았다.

"아, 아닙니다. 사람 잘못 보셨습니다. 저는 중국 사람… 아차……."

심히 당황한 탓에 저도 모르게 뱉어버린, 너무나도 능숙한 한국어.

그는 눈치를 보다가 스윽 발을 빼려고 했으나…….

—카일. 네가 기다리던 사람이 저 인간이었나?

"그렇다만? 아는 사인가?"

—저놈 우리나라에서 유명한 사기꾼이라고.

미국에서까지 저 지랄이라니.

채동석의 얼굴을 본 누군가가 외쳤다.

"어? 맞아! 저 자식 인터폴 수배자잖아!"

'나라 망신은 혼자 다 시키는군.'

인터폴에 수배됐다면, 아마 여러 나라에서 사기를 치다가 온 모양이었다.

"진짜냐? 저 새끼를 잡아라!"

"잡아라아아아!"

"히… 히이이익!"

채동석은 급하게 발을 내달렸지만, 제 다리에 걸려 엎어져 코가 깨지고 말았다.

"으악! 시발!"

"잡아라!"

"저리 꺼져! 다 꺼지라고!"

그는 되는 대로 팔다리를 휘둘렀지만, 몰려드는 인파를 물리치기엔 피지컬이 부족했다.

"제기라아아아아알!!!"

* * *

소란스러워진 틈을 이용해 잽싸게 클럽을 빠져나온 현일.
제레미에게서 전화가 왔다.
또 무슨 일이 일어난 모양이다.
"예."
—작곡가님. 혹시 뉴욕 락 타운 클럽이십니까?
"아뇨. 이제 나왔습니다. 그런데 어떻게 아셨죠?"
—지금 기자들이 그쪽으로 몰려들고 있어요. 오늘 작곡가님이 거기에 들리신 걸 누가 알아챈 모양입니다.
"이런."
기자란 정말 떼려야 뗄 수 없는 족속들인가 보다.
그들 입장에선 자기들 할 일을 하는 것뿐이니 대놓고 욕을 할 수도 없는 노릇.
"알려주셔서 감사합니다."
—저희야 이런 거에 민감하니까요.
대스타들이 몰려 있는 회사이니.
—조치를 취해볼 테니 일단 자리를 피하시는 게…….
"차라리 언론사에 알리세요. 기자회견을 열겠다고."
—정말 그러시겠어요?
"예 아예 이참에 궁금한 거 다 물어보라고 전해주세요."
—알겠습니다.

*　　　　*　　　　*

기자회견.

'내일 신문 1면엔 내 얼굴이 나오려나.'

리얼리티 드래곤즈도 나왔으니 말이다.

"제가 'UAC-2'의 총괄 프로듀서입니다. 뭐든 질문하세요."

"알렉스보다 기타를 잘 친다는 게 사실입니까?!"

"그건 사람마다 취향의 문제겠죠. 다음."

"기타는 어디서 배우신 건가요?!"

"독학했습니다. 다음 질문?"

현일은 유니버셜 뮤직이 제시해 준 가이드라인에 따라 차분하게 답변을 이어나갔다.

어느 정도 인터뷰가 진행되고 나니 다시금 기자들은 서로 질문 경쟁을 해대기 시작했다.

그러던 중, 현일의 흥미를 끄는 질문이 하나 있었다.

"프로듀서님이 BCMC에서 지미 헨드릭스의 재림이라 불리던 그랜드 마스터라는 소문이 있던데, 사실입니까?!"

'응……?'

어떻게 알았을까.

그러고 보니 저 기자의 얼굴이 익숙하다 싶었다.

'리얼리티 드래곤즈 인터뷰 때 가장 많은 답변을 받았던 그 기자네.'

모르긴 몰라도, 저 기자는 훗날 언론계에서 유명 인사가 될 것 같다는 생각이 문득 들었다.

"네. 그게 접니다."

*　　　　*　　　　*

한편, BCMC는 현일의 기자회견에 대한 이야기로 떠들썩했다.

—뭐? 저 사람이 그 그랜드 마스터라고? 말도 안 된다. 동양인 중에서 그런 인재가 나올 리가 없어. 사칭이야 사칭!

ㄴ 인종차별적인 발언은 영구 밴임.

—나 옛날 옛적에 BCMC 접은 화석인데, 다시 등판했다. 그랜드 마스터가 정체를 밝혔다는 소문을 듣고 도저히 안 들어와 볼 수가 없더라. 근데 실화임?

ㄴ 실화임. 지금 누가 저 사람이 클럽에서 기타 친 거 유튜브에 올렸음. ㄹㅇ 기타의 신임.

ㄴ 헐;; 당장 보러 간다.

현일의 기자회견 내용이나, 유튜브에 올라온 'Five Pawns'의 기타 커버 영상은 미국 전역을 강타했다.

나이를 웬만큼 먹은 사람은 재능의 차이를 절감하고 기타에서 손을 놓기도 하고, 어린 아이는 락 밴드의 꿈을 키우기도 했다.

이제 호텔 밖으로 나가면 알아보는 사람들이 많다.

심지어 한국에서도 현일로 인해 세간이 떠들썩했다.

빌보드에서도 먹히는 최초의 한국 작곡가라느니, 월드스타라느니 하는 내용으로 말이다.

이젠 아예 한국 연예 기획사의 대표들이 현일에게 전화를 하기 시작했다.

제발 빌보드에 진출할 수 있는 비결 좀 가르쳐 달라고 말이다.

"빌보드 차트라면 거기 가수도 몇 번 등극한 적 있지 않습니까? 그걸로 언론 플레이 엄청나게 하셔서 모르는 사람이 없을 텐데."

—에이, 그거야 당연히 개나 소나 이름 올리는 마이너 차트죠. 앨범 차트나 싱글 차트에 비할 바가 되겠습니까?

"제가 해드릴 수 있는 대답은 그냥 계속 미국의 음악을 연구하고, 미국의 취향에 맞게 곡을 쓴다는 것밖엔 없습니다. 아까부터 했던 말의 반복일 뿐이에요."

—그래도 그런 게 있잖습니까? 거기 제퍼슨 씨랑 어떻게 미팅 자리를 한번 주선해 주시면… 하하하.

뚝.

현일은 전화를 끊었다.

그야말로 눈 뜨고 일어나니 졸지에 스타가 돼 있는 상황.

불편하긴 해도 나쁘지만은 않았다.

현일의 가치가 올라갈수록, GCM 엔터가 미국에 발을 들이기 수월할 테니까.

아무튼 지금 밖을 자유롭게 떠돌아다닐 상황이 안 되니, 현일은 호텔에 들어가 한국의 안부를 묻는 쪽을 택했다.

"모시겠습니다."

"감사합니다."

입구로 들어서자마자 호텔 지배인이 후다닥 달려와 길을 안내해 주었다.

문 앞에 도착하니 지배인이 얘기를 꺼냈다.

"고객님. 실례가 되지 않는다면, 저희 호텔의 대표님께서 뵙고 싶어 하시는데 시간을 내주실 수 있으십니까?"

"오늘요?"

"네, 고객님."

"그러죠 뭐. 안에서 기다릴게요."

"감사합니다. 고객님. 필요한 게 있으시면 뭐든 말씀하십시오."

"간식이랑 캐러멜 마끼아또 부탁합니다."

"알겠습니다. 고객님."

스위트룸 무료 이용권이라도 주려는 것일까.

'나중에 알게 되겠지.'

현일은 안시혁에게 메시지를 보냈다.

—형, 정현 씨 신곡 작사가 누구에요? 진짜 찾아도 안 나오던데.

—크흐. 비밀 엄수를 철저히 했지. 아무한테도 가르쳐 주지 말아달라고 부탁받았거든.

—뭐 힌트라도 줘봐요. 궁금하네.

—안 가르쳐 줌.

안시혁의 답장을 끝으로 대화는 끊겼다.

그리고 한 시간 후.

—현일아? 왜 말이 없어?

다시 삼십분 후.

—성에 'ㅎ' 들어감.

—하재건 씨?

—아닌데~

—아, 지윤이구나.

십 분 후.

—아닌데?

—맞네요 뭘.

—아님;;

—맞음

—아냐;; 아무튼 아니야;;

—알았어요.

—진짜 아닌데;;

"흐음……."

현일은 문득 궁금해졌다.

'시혁이 형의 반응을 보면 지윤이인 건 맞는 것 같은데, 왜 굳이 비밀로 했을까? 예명을 쓴 건 그렇다 쳐도.'

어차피 GCM 엔터의 대표는 현일.

알고자 하면 모를 수가 없는데 말이다.

*　　　　*　　　　*

"지윤아, 축하해!"

"고마워요."

둘은 배시시 웃었다.

이지영은 한지윤의 작사가 데뷔 사실을 알고 있었다.

한지윤이 쓴 가사가 채택되도록 적극적으로 추진했던 사람이 다름 아닌 그녀였으니까.

가사는 시다.

거기에 멜로디를 붙이면 노래고.

인스트(Instrument)를 붙이면 음악이다.

누군가 이지영에게 단순히 한지윤과의 친분 때문에 그렇게 했느냐고 묻는다면 절대 아니라고 답할 것이다.

"정말 가사를 딱 보는 순간 한 편의 로맨스 소설을 본 느낌이었다니까?"

"헤헷, 고마워요."

달콤한 첫사랑의 이야기.

상상만 해도 절로 미소가 지어지는 가사였다.

"사실 마음 같아선 하연이한테 주고 싶었는데, 그 아이한텐 아무나 곡을 줄 수 없어서……."

이하연은 대한민국 굴지의 매니지먼트인 GCM 엔터의 창립멤버 중 한 명.

나이는 어려도, 지금 그녀를 함부로 할 수 있는 사람은 아무도 없다.

현일이 이곳에 있었다면 모를까, '그냥 하연이 주지 그래?' 같은 주먹구구식으로 직원들을 굴릴 수도 없는 노릇.

신인이면서, 발라드를 부르는 가수.

그 조건하에 채택된 가수가 서정현이었다.

이지영은 원래 화자가 여자였던 가사를 바꾼 탓에 살짝 본색이 흐려진 것 같다고 느꼈었지만, 녹음에 들어가면서 생각을 바꾸었다.

서정현의 가창력은 그것을 훌륭히 보완해 주었으니까.

실제로 반응도 매우 뜨거웠고.

"괜찮아요, 이해해요. 전 신인이잖아요."

"고마워. 그런데 말이야."

"네."

"가사 내용은 혹시 경험담?"

"네, 네에?!"

한지윤의 눈이 휘둥그레졌다.

"아, 아니… 그, 그런 건 아니고……."

"그래? 에이, 시시하게."

한지윤은 가슴을 쓸어내렸다.

'휴우…….'

문득 이지영이 얼굴을 가까이하고 물었다.

"누구야?"

"ㅊ……. 모, 몰라요!"

"흐음."

그녀가 피식 웃었다.

"우리 지윤이는 거짓말을 못하는구나? 호홋."

"이이……."

"'ㅊ'이 누굴까나?"

"……."

더 놀리면 안 될 것 같다.

"목돈 좀 챙겼겠네. 하고 싶은 건 있니?"

"음… 여행 가고 싶어요."

"어디로?"

"어디든 좋아요."

"'그 사람'과 함께라면?"

한지윤의 시선이 이리저리로 굴렀다.

"…네."

"히히히. 아, 그럼 이건 말해줄 수 있어?"

"어떤 거요……?"

"예명은 무슨 뜻으로 지은 거야? '에이치엘'."

"…그건 말할 수 없는 비밀이에요. 누구나 한 가지씩은 가지고 있는."

"지윤이는 두 가지나 되는 것 같은 걸?"

"아, 아무튼 말할 수 없어욧!"

"알았어, 알았어."

"후우……."

어떻게 말할 수 있겠는가.

'HL'의 뜻을.

한지윤은 쿡 웃었다.

'현일 러브……'

*　　　*　　　*

"처음 뵙겠습니다. 이 호텔을 설립한 에드먼드 데렉입니다."

커피 타임을 즐기며 시간을 보내고 있으니 호텔의 대표가 방문했다.

"반갑습니다."

"미리 찾아뵙지 못해 죄송합니다."

"하하."

요새 비슷한 말을 자주 듣는다.

에드먼드 데렉은 몇 번 안부를 묻다가 본론을 꺼냈다.

"제가 하고 싶은 얘기는 저희 호텔이 원래 보안업체를 외주를 맡기고 있었는데, 이번에 직접 신설을 했거든요."

"축하드려요."

"감사합니다. 아무튼, 그래서 본 호텔은 작곡가님 같은 귀빈도 안심하고 숙식할 수 있는 곳이라는 것을 홍보 차원에서……."

그의 말은 길었지만, 요점은 간단했다.

현일의 이름을 팔아서 호텔을 홍보하겠다는 것.

'팔아주지 뭐.'

대가만 충분하다면 말이다.

"그래서 작곡가님껜 저희 호텔 스위트룸 평생 무료 이용권을 드리려고 합니다만……."

그는 현일의 눈치를 보았지만, 반응은 시큰둥했다.

"흐음……."

막말로 평생 여기서 살 것도 아닌데 그런 건 필요 없다.

물론, 굳이 주겠다면야 마다할 이유 없지만.

에드먼드 데렉이 조심스럽게 물었다.

"더 원하시는 게 있으시다면 최대한 편의를……."

"이 호텔에 공연장 하나 차릴 생각 없으세요?"

"예……?"

"제가 매일 들락날락 하면서 봤는데 마침 삼 층에 적당한 공간이 있더라고요. 거기에 스테이지 하나 올리면 꽤 괜찮을 것 같은데."

"스, 스테이지를 올려서 뭘 하시려고…?"

"제 회사 가수들을 거기서 공연하게 해주시면 저도 대표님 말씀대로 해드릴게요."

에드먼드 데렉은 자신의 귀를 의심했다.

그러나 이내 무언가를 떠올리고는 핑거 스냅을 튕겼다.

"아! 리얼리티 드래곤즈가 유니버셜 뮤직 소속이셨죠?!"

"그렇죠."

"아유, 당연히 해드려야죠. 작곡가님이 여기 계신데 그 정도 투자는 당연히 해야죠! 하하하하!"

"하하하하."

"하하하하하!"

둘은 의미가 조금(?) 다른 웃음을 터뜨리며 악수를 나누었다.

여기서 공연하게 될 아티스트가 유니버셜 뮤직과는 전혀 관련이 없음을, 에드먼드 데렉은 꿈에도 모를 것이었다.

* * *

에드먼드 데렉과의 면담이 있었던 날로부터 며칠 후, 그는 정말로 유니버셜 뮤직 소속의 가수들, 내지는 리얼리티 드래곤즈가 여기서 공연을 할 거라고 생각한 모양이었다.

공사를 시작한 것이다.

'한번 가봐야지.'

방에서 나와 3층으로 가는 길, 현일은 채동석이 인터폴로 인계되었다는 연락을 들었다.

"네, 연락 감사합니다. 수고하세요."

아무래도 좋을 일이었다.

엘리베이터는 곧 3층에서 멈췄다.

'진짜 하네?'

3층에 있던 다목적 창고(거의 쓰지 않던)를 하룻밤 새에 정리하고 인부들이 자재를 나르며 공구를 뚝딱거리고 있는 것이었다.

구경하고 있으니 에드먼드가 찾아왔다.

"여기 계셨군요."

"네."

"다행히 오래 걸리진 않을 거라고 합니다. 곧 있으면 리얼리티 드래곤즈가 저기에 서게 되겠군요. 하하하!"

'그건 당신이 하기 나름이겠죠.'

그는 정말 리얼리티 드래곤즈가 저기에서 공연을 하게 될 거라고 철석같이 믿고 있는 것 같았다.

정작 현일은 이미 유니버셜 뮤직에서 나온 지 오래인데 말이다.

그러나 그것을 굳이 말해줄 이유도 없었다.

제퍼슨 레닝턴의 제안을 아직 고민 중이기도 하니.

'리얼리티 드래곤즈 못지않은 무대를 보여주면 되지 뭐.'

과연 누구를 데려와야 할까.

정 안 되겠다 싶으면 리얼리티 드래곤즈에게 부탁할 수도 있다.

당장 장비 들고 달려올 테니까.
현일은 행복한 고민에 빠져들었다.

*　　　　*　　　　*

PD든, 배우든, 배급사든, 영화를 꿈꾸는 이라면 모르는 사람이 없는 그 이름.
크리스 로버트.
그리고 온갖 빌보드의 신기록을 갈아치운, 한창 세간에 떠오르는 신성(일단 미국에서는)인 작곡가 최현일.
그 둘이 힘을 합쳤다고, 언론과 영화계는 들썩였다.
크리스 로버트가 웃으며 말했다.
"딱 필요한 순간에 와주셨군요."
"하던 게 생각 이상으로 잘 돼서 말입니다."
"하하하, 그것 참 기쁜 소식입니다."
그의 현일을 대하는 태도가 조금 조심스러워졌다.
"그런데 OST에 대한 문제가 좀 있는데, 배급사에서 일정을 좀 타이트하게 줘서……."
"상관없습니다. 최대한 빨리 해야죠. 저도 일이 있으니."
"제가 어떻게 말씀드려야 할지 며칠을 고민했던 게 이리도 쉽게 풀리다니… 하하하! 제가 정말 원하던 답변이군요. 잘해봅시다."
"저야말로."
현일은 이것저것 잴 것 없이 바로 그의 안내를 받아 배급사로 향했다.

크리스 로버트가 테이블에 서류를 올려놓았다.

"곡 하나당 보장 금액으로 받으시겠습니까? 아니면……."

현일이 그의 말을 잘랐다.

"팔리는 만큼 받겠습니다. 일정 수 이상의 관객이 늘어날 때마다, 또 음반이 일정 수 이상 팔릴 때마다 퍼센트 옵션도 추가해서."

"되게 위험한 시도를 하시는군요."

"하이 리스크 하이 리턴. 불변의 진리 아니겠습니까?"

"하하하! 그럼요. 우리 같은 사람들은 그런 정신이 있어야 됩니다."

"그리고 또 하나."

사인을 하던 크리스 로버트의 손이 멈추었다.

"듣고 있습니다."

현일은 그가 쥐고 있던 만년필을 가로채고는, 계약서에 추가 조항을 적었다.

"디지털 음원은 저희 'GCM 뮤직'에서 선공개하는 걸로. 앨범도 레이지 레코드에서 찍겠습니다."

크리스 로버트가 만년필을 도로 가져갔다.

"에이, 아무리 그래도 그건 말도 안 되죠."

말해주지 않아도 잘 알고 있었다.

일단 던지면 뭐 하나라도 더 얻어가지 않겠는가.

"OST 앨범을 저희 영화사의 협력 업체에서 우선적으로 찍은 뒤, 한 달 내에 백만 장 이상을 팔면 앨범 건은 넘겨 드리겠습니다."

현일은 짐짓 고민했다.

2014년, '겨울왕국'의 OST 앨범이 353만장의 판매고를 기록하며 미국 내 최다 앨범 판매량 2위에 등극했었다.

그런 면에서 크리스 로버트는 현일에게 그것을 뛰어넘어 보라는 요구를 하는 것이나 다름없었다.

현일은 강하게 나가기로 했다.

"좋습니다. 대신 디지털 음원은 양보하지 않겠습니다. 제가 만들 곡인데, 그 정도 권리는 있지 않겠습니까?"

"흐음……."

크리스 로버트는 내심 현일의 말이 일리가 있다고 생각했다.

그도 그럴 것이, 그는 여태껏 영화의 메인 테마곡을 삽입할 때 매번 존재하는 곡을 가져다 쓰기만 했지, 직접 음악팀에서 만든 것을 쓴 적은 없었으니까.

무엇보다, OST가 망하든 흥하든 크리스 로버트와는 하등 상관없는 일이었다.

그에게 중요한 건 오로지 관객 수.

"음… 그러십쇼."

현일이 입가에 호선을 그렸다.

* * *

"아니, 왜 이런 계약을 하셨는지요……?"

"크흠!"

크리스 로버트는 영화 제작사 직원에게 한 소리를 듣고 있었다.

물론, 이 바닥에서 그에게 큰소리를 칠 수 있는 사람은 거의 없기에 담당 직원만 땀을 삘삘 흘릴 따름이었다.

"미치겠네……."

영화로써 이뤄지는 창작물 일체는 해당 창작자와 영화 제작사가 저작권을 나눠가지는 것이 통상적이다.

OST를 수록할 실물 음반이야 그렇다 치자.

한 달 안에 백만 장?

그게 가능할 리 없으니까.

한데, 디지털 음원 전송에 대한 권리는 GCM 뮤직 쪽에 아예 거저 줘버리다시피 했으니 담당 직원은 미치고 팔짝 뛸 노릇이었다.

또한, 크리스 로버트는 그 명성만큼이나 자존심이 무척 강했다.

한 번 결정한 것을 번복하지 않기로도 유명하고.

"계약 다시 하시죠."

"미쳤나?"

"끄응……."

직원이 용기 내어 꺼낸 말은, 미친놈 취급당하는 것으로 일단락되었다.

솔직히 GCM 측이 바보도 아니고 재계약에 응할 것 같지도 않지만.

'소송을 걸 수도 없고!'

온갖 별의별 희한한 재판이 난무하는 자유(와 소송)의 나라, 미합중국.

소송을 건다?

그거야 어렵지 않다.

하지만 그 이후엔?

계약 문제로 제작 기간이 길어지면 시간은 흘러가는데 돈은 돈대로 쏟아 붓고, 투자자들은 난리를 쳐대고…….

상상만 해도 몸서리가 쳐졌다.

크리스 로버트가 더 할 말이 남았느냐는 듯한 눈빛으로 직원을 보았다.

더 말이 없자, 그가 입을 열었다.

"손해 본 것 이상으로 매출을 더 끌어올리면 될 것 아닌가? 이 문제는 신경 끄고 자네는 자네 일이나 열심히 하면 되네."

"아… 알겠습니다. 감독님……."

그는 울상을 지었다.

떠나는 크리스 로버트의 뒷모습을 보며 투덜거렸다.

"이게 내 일인데……."

서러워서 변호사 해먹겠나.

*　　　*　　　*

작업실.

크리스 로버트가 몸담고 있는, 업계 1위의 영화 제작사답게 작업실의 시설은 훌륭했다.

"이번에 들어오는 음악 감독이 그 리얼리티 드래곤즈 첫 달 천만 장의 전설을 쓴 그 양반이라던데?"

"뭐? 진짜?"

"나이도 안 많아 보이는데 정말 대단한 것 같아."

"에휴, 난 이 나이 먹도록 뭘 하고 있……."

작업실의 문이 열렸고, 좌중의 이목이 그곳으로 집중되었다.

"헬로."

"안녕하세요, 감독님."

현일의 직책명은 디렉터로 낙점되었다.

디렉터, 프로듀서.

이름이야 아무래도 좋았다.

중요한 건 여기서 무엇을 하느냐니까.

현일은 여기서 직급이 가장 높았던 직원에게 한 명씩 소개를 받은 뒤, 물었다.

"네. 무슨 일들 하고 계셨습니까?"

"아… 큼! 뭣들 하나! 어서 일들 보지 않고!"

현일이 손을 내저었다.

"아닙니다. 어차피 첫날엔 일을 안 할 거거든요. 오리엔테이션만 간단하게 하고 끝낼 겁니다."

둘의 눈치를 보며 키보드를 두드리던 직원 한 명이 조심스레 물었다.

"그럼 다음엔……?"

"퇴근하시면 됩니다."

"오예!"

직원들의 얼굴이 대번에 밝아졌다.

"로버트 감독님한테서 대략적인 시나리오를 받았는데……."

약 20분 정도로 짧게 끝난 OT.

"그럼 오리엔테이션은 이것으로 마치겠습니다."

"예, 알겠습니다!"

현일이 OT가 끝났음을 선언하자마자 직원들은 짐을 챙겨들고는 지진이라도 일어났다는 듯이 후다닥 회사를 빠져나갔다.

"……."

왜 크리스 로버트가 항상 외주를 줬는지, 조금은 이해가 갔다.

'바짝 조여야겠군.'

채찍이 필요한 때였다.

* * *

다음 날.

크리스 로버트가 현일에게 준 시간은 약 한달 하고도 보름.

'마음 같아선 보름 만에 끝내 버리고 어서 게임 제작에 참여하고 싶은데.'

그래서 그렇게 하기로 했다.

현일은 스크린 앞에 서서 박수를 쳐 좌중의 이목을 집중시켰다.

"여러분 혹시 피자 좋아하십니까?"

뜬금없는 현일의 물음.

그러나 직원들은 만면에 미소를 띠었다.

"당연하죠! 여기서는 치즈 페퍼로니 먹는 게 낙 아니겠습니까?!"

"그것 참 다행인 말씀이군요."

"이야~ 음악 감독님이 사주시는 겁니까?"

"빠른 퇴근에 시원스러운 성격까지! 역대 최고의 감독님이시네요!"

그 행복도 이제 끝이 될 것이다.

"하하하. 오늘 아침에 배급사에서 연락이 왔습니다. OST를 보름 안에 끝내줄 수 없겠느냐고 하더라고요."

"예……?"

직원들은 자신의 귀를 의심했다.

"보름 동안 치즈 페퍼로니 실컷 먹어봅시다. 피자값 걱정은 안 하셔도 돼요."

"예……?"

쿵쿵!

누군가 작업실의 문을 두드렸다.

"왔구나."

누가? 아니, 뭐가?

현일이 문을 열자 웬 용달 업체 사람들이 우르르 들어오기 시작했다.

한 사람이 눕기에 딱 적당한 크기인 직사각형 물체를 들고서.

"간이 접이식 침대입니다. 남성분들은 아무데나 적당한 데 자리 잡으시고, 여성분들은 녹음실 안에 들어가세요. 모두 보름 동안 여기서 먹고 자고 하시는 겁니다. 알았죠?"

"마, 말도 안 돼."

"됩니다."

바야흐로 단체 통조림의 시작이었다.

*　　　*　　　*

슈퍼 히어로가 동에 번쩍 서에 번쩍 뛰어다니는 할리우드 블록버스터 액션 영화.

'마지막으로 관현악만 넣어주면… 완벽하다.'

바람이 솔솔 부는 오프닝에선 잔잔한 피아노 곡을 깔아주고, 격렬한 전투 신에선 베이스가 쿵쿵 울리는 긴박한 BGM도 깔아주고 하면서 보름을 보냈다.

"으으으… 오늘만 버티면 드디어 끝이야……."

"끄으으으……."

이미 직원들의 눈 밑엔 다크 서클이 문신처럼 각인된 지 오래였고, 비틀거리며 걸어 다니는 꼴이 영락없는 좀비였다.

현일이 박수를 두어 번 쳤다.

"여러분! 수고하셨습니다. 치즈 페퍼로니와 함께하는 보름은 이제 끝났습니다."

"오… 오오오오…!!!"

"하하, 하하하하……."

"그럼 나머지 한 달은 어떻게 되는 거죠……?"

현일은 가볍게 미소 지으며 대답했다.

"햄버거와 함께하는 한 달……."

쿵!

방금 질문했던 직원은 그대로 기절해 버리고 말았다.

"……."

그냥 농담이었는데.

그로부터 며칠 후, 기절했던 직원은 잠시 병원에서 영양제 주사를 맞고 제정신을 되찾았다.

또한, 직원들은 언제 그랬냐는 듯 이젠 출근하는 발걸음이 가벼워졌다.

첫 퇴근을 했던 다음 날은 설마 정말로 맥도날드 직원과 출근을 함께하는 것은 아닐까 걱정했으나, 회사에서 주어진 것은 오로지 자유였다.

피자 냄새만 맡아도 구역질이 나오는 건 여전했지만, 자잘한 일만 처리하고 시간만 죽이면 언제든지 퇴근할 수 있는 생활이 한 달 동안 지속되었다.

그렇다면 현일도 그 귀중한 한 달간 놀기만 했을까?

절대 아니었다.

현일도 나름대로 '무언가'를 심혈을 기울여 준비한 게 있다.

'기대되는 걸.'

한편, 크리스 로버트는 본격적으로 프로덕션에 들어가면서 다짐했다.

'당신이 첫 달에 천만 장을 팔았다면, 난 첫 주에 천만 관객을 찍어 보이지. 그리고…….'

이 영화는, 어떤 감독의 '아바타'처럼 모 잡지사에서 가장 과대평가된 영화 순위권에 들어가는 일도 없을 것이다.

Chapter 2
음악엔 국경이 없다

"좋네요."

이제 크리스 로버트의 개봉이 며칠 안 남은 상황.

현일은 호텔 3층의 스테이지를 보고 있었다.

이제 어느 정도 형태를 갖춰가고 있는 무대.

옆에 서 있던 에드먼드가 다분히 영업적인 웃음을 지으며 물었다.

"그런데… 이제 정하셨나요?"

"무엇을요?"

"누가 공연할지……."

"아, 네. 물론이죠. 로버트 감독님의 차기작이 곧 나오는 건 아시죠?"

"당연하죠. 정말 재밌을 것 같더라고요. 저도 꼭 보러 갈 생각입니다. 하하하. 그런데 그건 왜……?"

현일이 씨익 입꼬리를 올렸다.

"아무래도 그 영화의 테마곡을 부른 아티스트가 올라가게 될 것 같습니다."

"오… 오오오오오!!!"

그는 놀라움을 감추지 못하다가 이내 표정을 지우고 헛기침을 했다.

'그 영화의 주제가라면……!'

필시 톱스타의 노래일 것이다.

크리스 로버트의 영화는 언제나 그래왔으니까.

그는 기대감에 몸을 떨며 조심스레 물었다.

"그럼 그 아티스트는……?"

"그건 영업 비밀입니다."

"아! 예! 실례했습니다. 이것 참… 하하하하!"

"하하하하."

이윽고 방으로 돌아간 현일은 TV를 틀었다.

지금은 어느 채널을 돌려도 광고 타임마다 크리스 로버트의 영화 예고편이 나온다.

당사자가 들으면 섭섭해할 말이겠지만, 역시 로널드 데일의 작품과는 시작하기도 전부터가 남달랐다.

현일은 그것을 보며 흐뭇하게 미소를 지었다.

그도 그럴 것이.

[총괄 디렉터 : 크리스 로버트]

[음악 감독 : 최현일]

영화 예고편 광고 방송에 나오는 이름이 크리스 로버트 바로 다음으로 자신이기 때문이었다.

그만큼 네임밸류가 높아졌다는 것이 실감되었다.

'영화는 잘 찍고 있으려나?'

그런 생각을 하던 현일은 이내 헛웃음을 지었다.

크리스 로버트를 걱정하는 것이야말로 세상에서 제일 쓸데없는 짓이었다.

'아마 영혼을 불태우고 있겠지?'

그는 현일을 동료이자 경쟁 상대로 보고 있을 테니까.

알아서 잘하겠거니, 현일은 상념을 털어내고 'MMF'에게 연락을 취했다.

*　　　*　　　*

몇 주 전, GCM 엔터테인먼트.

"흐음……."

남선호는 침음을 흘렸다.

갑작스레 현일이 무언가를 보내주었고, 그것에 가사를 붙여보라는 특명이 내려진 것이다.

"뭐야, 뭐야? 우리 신곡이야?"

"글쎄? 잘 모르겠다. 대표님이 뭘 보내주시긴 했는데."

어느새 다가온 선현주가 흥미를 드러냈다.

꽤 긴 시간 동안 현일이 부재중인 탓에, 요즘은 현일에게서 직접 곡을 받기가 어려워 아쉬운 마음이 있었으니까.

그러던 와중에 가뭄의 단비처럼 내려진 오더였다.

'작사를 하는 건 좋은데.'

그는 보면대에 세워둔 종이 다발을 집어 들었다.

'웬 시나리오?'

현일은 절대 외부로 유출하지 말 것을 당부하며 영화 시나리오를 보냈던 것이다.

'이 극에 맞는 가사를 써보라는 건가?'

제일 뒷장으로 넘기니 1단 악보가 나왔다.

다시 첫 장으로 돌아와 시나리오를 차근차근 훑어보던 그의 눈이 일견 휘둥그레졌다.

'아니? 크리스 로버트의 영화잖아?!'

남선호는 진심으로 놀랐다.

크리스 로버트의 영화는 한국에서도 개봉했다 하면 천만 관객.

게다가 나올 때마다 MMF가 꼭 챙겨봤던 작품이었다.

'설마.'

그런 그의 영화에 쓰일 곡의 가사를 자신이 쓸 수 있는 영광이 주어진다는 말인가!

남선호는 즉시 멤버들을 불러 모았다.

"…작곡가님이 우리에게 특명을 내려주셨어. 절대로 아무한테도 말하지 말고, 우린 영혼을 갈아서 편곡과 작사에 임한다. 알았지?"

"옛 썰!"

대강 상황을 파악한 멤버들.

그들은 장난스럽게 거수경례를 하며 대답했지만, 그 어느 때보다도 진지하게 작업에 임하기 시작했다.

그럴 만도 했다.

1단 악보의 제일 상단에는 이렇게 적혀 있었으니까.

'Main Theme(제목 미정)'

*　　　　*　　　　*

마침내 영화는 개봉되었다.

그 결과는.

[크리스 로버트 감독의 신작 영화! 나흘 만에 백오십만 관객 달성!]

[이대로라면 첫 달 천만 관객으로의 순조로운 흐름이라는 배급사의 희망찬 전망…]

—저희 회사는 이 영화에 엄청난 기대를 걸고 있습니다. 아마 역대 영화 매출 BEST 10에 당당히 이름을 올릴 것이라 확신합니다.

[평론가들, 영화 자체보단 음악에 찬사를 하다!]

—영화의 스토리는 그냥 슈퍼 히어로가 악을 무찌른다는 별 볼일 없는 내용이지만, OST는 저로 하여금 정말 소름이 돋게 만들었습니다. 음악이 듣고 싶어서라도 다시 보러갈 예정입니다. 음악 감독에게 박수를 보내고 싶습니다.

더욱이, 이 영화의 음악 감독은 'UAC—2'의 프로듀싱을 담당했던 작곡가로 알려져 큰 화제가 되고 있다.

[관객들, OST에 대찬사를 보내다!]

—장면과 100% 매치되는 음악을 넣어서 영화를 손에 땀을 쥐고 보게 만듭니다! 최고에요!

—이거 음반 나옵니까? 무조건 나와야 됩니다. 꼭 살 겁니다!

—테마곡은 대체 누가 부른 거죠?! 어디서 공연합니까?!

…등등의 반응을 보였다.

[영화의 디지털 음원은 GCM 뮤직이라는 사이트에서 선공개!]

—팬들로 하여금 그토록 애가 끓게 만들던 OST가 드디어 공개되었다. 오로지 GCM 뮤직에서만 만나볼 수 있다. 이미 메인 테마곡인 'Make Me Famous'의 'Sleeping With Sirens'라는 곡은 공개 첫날, 백오십만 건 이상의 구매수를 달성하는 기염을 토했다.

*　　　*　　　*

한 달 후, 영화 제작사.

"이야~! 대단하십니다! 첫 달 매출 사억 오천만 달러라니요?! 이게 말이나 되는 액습니까?!"

"하하하하. 사람이 했는데 말이 되지."

"지당하십니다!"

예전의 계약 문제로 탐탁지 않아 했던—크리스 로버트와 영화사의 계약 당시, 그가 무리한 조건을 요구했기 때문이었다— 영화사의 임원은 지금 손바닥을 비비며 열심히 크리스 로버트의 비위를 맞춰주었다.

'무조건 잡아둬야 돼.'

이쯤이면 그도 자연스럽게 독립을 생각할 테니까.

세상 천지에 개봉 한 달 만에 $450,000,000를 벌어들이는 영화감독을 또 어디서 구한단 말인가.

그가 스스로 영화사를 차리면, 아무리 못해도 중간은 갈 것이니 말이다.

아니, 그의 이름만 내걸어도 할리우드 유수의 인재들이 우르르 몰려올 것이다.

크리스 로버트를 따라가겠다고 나서는 당사의 인재들도 한둘이 아닐 테니, 인력 공백에 인재 유출에 문제가 이만저만이 아닐 것이고.

직원은 조심스레 얘기를 꺼냈다.

"그나저나 감독님, 이제 계약이 끝나지 않았습니까?"

"그랬나? 하긴, 그러고 보니 이번이 이 회사와의 마지막 작품이었군."

그의 반응이 나쁘지 않았다.

'끄응… 지금 해주고 있는 계약 조건도 업계 최고 수준인데…….'

직원은 어쩔 수 없이 더 적극적으로 들이대보기로 했다.

"그래서 말입니다만… 계약 조건을 조금 더 올려드릴 테니 이번엔 전속으로 계약을… 헤헤."

크리스 로버트가 콧방귀를 뀌었다.

"뭐… 요구 조건만 딱 하나 들어준다면 못 해줄 것도 없지."

"저, 정말입니까?! 말씀만 하십쇼!"

"그 작곡가를 내 차기작에 계속 붙여준다면 원하는 대로 해주지."

"그건……."

"못 하겠나?"

"아닙니다! 최선을 다 해보겠습니다!"

* * *

"저희 로버트 감독님께서 작곡가님을 적극 추천해 주셔서 이렇게 찾아뵈었습니다. 그래서 말입니다만… 업계 최고 수준의 대우를 해드릴 테니 저희와 함께하시는 게 어떠신지요?"

비단 크리스 로버트의 요구 때문만이 아니었다.

현일을 대하는 영화 제작사 임원의 태도도 무척 조심스러웠다.

그가 침을 꿀꺽 삼켰다.

"흥미가 당기긴 합니다."

"그렇다면?"

"다만 몇 가지 문제가 있습니다. 가장 큰 문제로 전 그쪽 회사의 스케줄에 맞춰 드릴 수가 없어요."

"…최대한 맞춰 드리겠습니다."

"죄송합니다."

갑자기 그가 무릎을 꿇었다.

"제발……."

왠지 이다음 대사로 '이 계약을 성사시키지 못하면 전 길거리에 나앉게 되고 그럼 제 처자식은 어떻게 한단 말입니까?'가 나올 것만 같은 눈빛이었다.

그래도 임원까지 한 사람인데 굶어죽진 않으리.

"출근하지 않으셔도 됩니다. 그저 영화 찍을 때만 도움을 좀… 어떻게 안 되겠습니까?"

현일은 잠시 생각하다가 입을 열었다.

"그렇게까지 말하신다면… 제 요구 조건을 수용해 주시면 생각해 볼게요."

"뭐든 말씀만 하십쇼!"

"계약금이랑 작품 수익금을 전부 주식으로 주세요."

"……."

"뭐, 안 되면 어쩔 수 없는 거고."

"저… 지분은 이미 많이 갖고 계시지 않습니까?"

그렇다.

현일은 자신과 관련 있는 회사를 중심으로, 그리고 미래가 유망한 회사의 지분은 조금이라도 사두는 편이었다.

이 영화 제작사의 지분은 꽤 많은 편이었고, 덕분에 영화가 개봉한 후 이득도 많이 보았다.

"좀 더 필요한 일이 있어서요. 그래서! 됩니까, 안 됩니까?"

"최대한 힘써보겠습니다!"

"그럼 들어가 보세요."

"옙! 편히 쉬십쇼!"

둘은 조금 다른 의미로 숨을 돌렸다.

'할리우드 업계 1위의 영화 제작사면… 쉽진 않겠지만.'

제법 군침이 돈다.

* * *

"그래, 그래! 진짜 대단한 아티스트가 올 거라니까! 무려 크리스 로버트 영화의 주제가를 부른 사람들이라고!"

—그래서 그 아티스트가 누군데?

"어… 그게… 신인인가……?"

—웃기는 소리. 무슨 신인이 그 양반 테마곡을 불러?! 약 팔지 마, 자식아.

뚝.

"제기랄."

사업 확장을 위한 투자를 받기 위해 여기저기 연락을 취하던 에드먼드 데렉.

'대체 왜 믿질 않는 거야!'

그런 그를 한 동양인 남성이 불렀다.

"실례합니다. 여기 공연장이 어딥니까?"

"예?"

"공연장 말입니다. 이 호텔에 스테이지가 있다고 들었는데요."

"그건 왜 찾습니까?"

"구경을 좀 하고 싶은데요."

연이은 퇴짜로 기분이 안 좋아진 에드먼드는 퉁명스럽게 대꾸했다.

"참내. 어디서 소문을 듣고 왔는지는 모르겠지만, 아직 공개도 안 한 것을 왜 보겠다는 거요? 방 잡을 거 아니면 썩 물러가십쇼."

"그런가요? 어쩔 수 없군요. 여기서 공연하는 건 재고해 봐야겠습니다."

"그러시든지 말… 예? 방금 뭐라고……?"

남성, 남선호가 팔짱을 끼며 대답했다.

"우리 GCM 엔터의 대표 작곡가님께서 여기서 'Sleeping With Sirens'의 공연을 하자고 하셨는데, 대표님께 말씀드려야겠다고요. 호텔 측에서 들여보내 주질 않아 저희 밴드가 공연을 못 하겠다고."

에드먼드 데렉의 안색이 새파래졌다.

"혹시… 밴드 이름이…?"

"'Make Me Famous'입니다만."

'맙소사.'

영화관에서 노래를 들었을 땐, 발음이 너무 능숙해서 당연히 미국인일줄 알았다.

한데, 동양인이었을 줄이야.

"무슨 일이에요?"

"헉!"

곧이어 등장한 현일.

남선호는 반가운 표정으로 자초지종을 늘어놓았다.

"음… 그럼 딴 데서 합시다."

그는 당장 현일의 소매를 붙잡았다.

"아이고! 사장님 왜 이러십니까!"

"예?"

"스테이지 때문에 투자 많이 했습니다. 최근에 보안실도 신설해서… 하여튼 공연 안 해주시면 저 쫄딱 망할지도 모릅니다! 좀 안 좋은 일이 있어서 그랬어요… 어떻게 한 번만 더 기회를 주시면……."

현일은 잠시 생각에 잠겼다.

이 호텔은 사장은 제쳐두고, 직원들의 태도나 룸서비스, 방의 아늑함, 음식의 질 같은 건 모두 만족스러웠다.

교통의 요지에 위치해 있다는 것도 플러스 요인이다.

게다가 이젠 스테이지까지 있고.

'그렇다면.'

* * *

—영화 앨범은 첫 달 이백만 장이 출고될 겁니다, 한국에서는요. 그 영화사는 배가 좀 아플 겁니다.

"그렇겠네요."

—아무튼 그 호텔의 지분을 사들이신 건 정말 잘하신 겁니다. 확인해 보니 멀지 않은 곳에 큰 스타디움도 있고, 메이저 방송국도 근처에 있네요. 후에 GCM 엔터 가수들의 요충지가 될 겁니다.

"이 호텔을 아예 뉴욕의 랜드마크로 만들어 버리려고요, 하하하."

—그것도 좋지요.

현일은 통화를 끊었다.

'언젠가 호텔 확장 사업을 추진해야겠어.'

옆의 땅과 건물도 사버리고 기타 등등… 하면 못 할 것도 없으리라.

뉴욕 제일 호텔을 수중에 넣는 것이다.

아무튼, 현일은 재고 끝에 에드먼드를 용서하기로 했다.

MMF를 헛걸음하게 만들 이유도 없거니와, 용서에 대한 대가로써, 그리고 투자도 할 겸 호텔의 지분을 대량 사들이기로 했으니까.

사실상 협상이나 다름없었다.

"와우."

"안락하네~ 침대도 되게 푹신푹신하고."

"화장실도 엄청 넓다야."

"이거 다 먹어도 되는 거야?"

"간단한 간식이나 냉장고에 있는 건 먹어도 될걸?"

"그럼 이건?"

"술은 사야 됩니다. 꽤 비싸요."

"…진짜네."

"막 우스갯소리로 그러잖아. 스위트룸에서 가격 붙어 있는 걸 있는 대로 사면 스위트룸 숙박비보다 비싸다고."

"뭐 그래?"

"장사란 게 다 그런 거지."

아무튼, MMF의 멤버들은 각자 하나씩 스위트룸을 배정받았다.

물론 모두 공짜였다.

그런 그들이 한 방에 모인 것은, MMF가 미국으로 진출하는 첫걸음을 위한 기념식을 열자는 현일의 제안 때문이었다.

모두가 그것에 기쁜 마음으로 응해주었고, 현일은 그 마음에 보답해 주기로 했다.

"여기 있는 것 중에 먹고 싶은 거, 갖고 싶은 거 다 사세요. 비용은 제가 부담합니다."

"오오올~"

"대표님 최고!"

"저 이 술 땁니다? 미리 말씀드리는데 한 병에 백만 원짜리거든요? 진짜 땁니다, 작곡가님?"

"예. 오늘 밤은 코가 비뚤어지도록 마셔봅시다."

"예에에에에!!!"

"하하하."

백만 원이 뭐 대수겠는가.

법인 카드라는 마법의 아이템이 있는데 말이다.

* * *

처음 MMF가 공연한다는 소식을 접한 사람들의 반응은 둘로 나뉘었다.

TV 광고를 보고 있는 이 커플처럼 말이다.

"오! 이 밴드가 호텔에서 공연한다고? 당장 보러 가야지!"

"MMF? 저게 무슨 그룹이야? CF를 메이저 방송사에서 되게 빵빵하게 하네."

"MMF 몰라? 우리 크리스 로버트 영화 보러 갔을 때 네가 테마곡 엄청 좋다고 했잖아. 그거 부른 밴드가 MMF라고."

그러자 여자의 눈이 번쩍 뜨였다.

"뭐? 정말?"

"그렇다니까."

"근데 왜 'MMF'야?"

"'Make Me Famous'의 이니셜만 따서 MMF."

"'나를 유명하게 만들어줘'라니… 이제 그 숙원을 이루겠네."

"흐하하."

"나도 갈 거야, 티켓 두 장."

"오케이."

이와 같은 현상은, 미국 전역에서 일어났다.

덕분에 에드먼드 데렉은 간만에 함박웃음을 지을 수 있었다.

—이보게, 에드먼드.

"뭔가?"

—그때 자네가 제안했던 투자 건 말인데… 내 곰곰이 생각해보니 역시 자네 말이 맞는 것 같네. 넌 참 수완이 뛰어난 사업가…….

"됐네, 이 사람아. 네놈의 돈 따위 필요 없네. 어디 남이 다 차려놓은 밥상에 숟가락만 얹으려고 하시나."

—한 번만 다시 생각을…….

"할 말 없으면 끊지."

뚝.

"으하하하하하!!!"

그렇게 하늘이 떠나가라 웃어대는 그에게 비서가 찾아왔다.

"사장님."

"하하하……! 응?"

"이미 전석 매진되었습니다."

"뭐?! 아직 예약 시작한 지 오 분도 안 지났는데?"

"몇 번이고 다시 확인해 봤습니다. 지금 서버도 버티기 힘들다는 기술팀의 연락도 있었습니다."

"정말이야?"

"네, 사장님."

"그럼 좌석 더 늘려!"

"이미 공연장을 가득 채울 정도입니다만."

"에라이! 창고 벽 확장해! 빨리!"

"알겠습니다."

그렇게 부랴부랴 확장 공사를 시작한 호텔.

서버가 다운될 정도로 티켓 예매권은 날개 돋친 듯이 팔려 나갔고, 그에 호응하듯 호텔의 주가도 천정부지로 치솟았다.

에드먼드는 입맛을 다셨다.

'쩝… 지분만 안 팔았어도…….'

그러나 어쩌겠는가, 이미 GCM 엔터라는 대주주의 손에 있는 것을.

그 덕분에 확장 공사를 할 돈도 있는 것이고 말이다.

*　　　*　　　*

공연 당일.

이른 아침부터 기자들이 취재를 위해 몰려들었다.

첫줄엔 메이저 언론사들이 줄을 서 있었고, 그런 그들을 호텔 보안실 요원들이 능숙하게 통제하고 있었다.

'말뿐은 아니었던 것 같네.'

보안실에 많은 투자를 했다는 말이 무슨 뜻인지 잘 알 수 있었다.

현일은 그들의 앞에 나섰다.

그러자 기자들이 셔터를 누르는 속도가 눈에 띄게 빨라졌다.

"어엇! 작곡가 최현일이다!"

"작곡가님! 이쪽 한 번만 봐주시죠!"

"한 말씀 해주세요!"

"대체 MMF는 어디에 꽁꽁 숨겨놨던 겁니까?!"

현일이 한 손을 들어올렸다.

"한마디 해드리려고 나온 겁니다."

좌중은 다음 말을 기다렸다.

"먼저, 모두들 MMF에게 열렬한 관심을 보내주셔서 감사하다는 말부터 전하고 싶습니다. MMF는 제가 한국에서 발굴한……."

MMF에 대한 이야기를 요점만 함축해서 얘기해 주었다.

"오늘은 미국에서의 첫 데뷔 공연인 만큼, 멋진 무대를 보여주리라 단언합니다. 현재 MMF는 공연 준비로 바쁘니, 공연이 끝나고 인터뷰 자리를 마련해 놓겠습니다. 그럼 여러분, 즐거운 하루 되세요."

"잠깐만요!"

"작곡가님!"

현일은 뭐라도 얻어가려는 기자들을 뒤로하고 걸음을 옮겼다.

공연 준비를 해야 하니까.

MMF의 첫 미국 데뷔 무대, 나아가 GCM 엔터의 미국 진출에 첫걸음을 떼는 기념비적인 날이니 현일이 직접 음향 엔지니어를 자처하기로 한 것이었다.

스테이지 뒤편, MMF는 상기된 기분을 감추지 못하고 있었다.

"크~ 미국에서 공연이라니. 옛날 생각하면 참."

"우리가 밴드 결성할 때 선호가 그랬잖아. 이대로 빌보드까지 가자고."

"그때 병욱이가 뭐라 그랬더라?"

"헛소리 하지 말라고 했었지. 하하하."

현일은 작게 미소 지으며 드러머인 박병욱을 보았다.

"어때요? 아직도 헛소리라고 생각하십니까?"

"……."

"……?"

그의 어깨가 부들부들 떨리기 시작했다.

"크흑……."

그런 그를 멤버들이 토닥여주었다.

"믿을 수가… 없습니다… 어떻게… 어떻게……? 이거 진짜죠……? 꿈 아닌 거죠? 혹시 몰래카메라 같은 건 아니겠죠……?"

"보세요."

현일은 모니터를 켰다.

그러자 최근에 확장까지 한 공연장의 전석을 가득 메운 인파.

돔이나 스타디움에 비할 바는 아니지만, MMF와 현일에겐 남다른 의미가 있었다.

남선호가 이죽거리며 말했다.

"이야~ 이거 몰래카메라 인건비가 저번에 먹었던 술값보다 많이 나가겠는데요? 작곡가님 너무 무리하시는 거 아닙니까?"

"대표님은 우리 놀라게 하는 일에 뛰어난 재능을 갖고 계시잖아. 하루 이틀 일인가."

"하하하하!"

"하하하하!"

"크흐윽……."

현일이 박병욱의 등을 가볍게 두드렸다.

"그럼 이제 시작합시다."

"예엡!"

*　　　*　　　*

"안녕하세요. 뉴욕 시 여러분. 'Make Me Famous'의 보컬리스트인 남선호입니다."

"와아아아아!"

"그리고 각 주에서 와주신 분들 모두 감사드리고 환영합니다. 여러분들께 하나 궁금한 게 있습니다."

"뭐든 말씀하시죠! 모든 질문에 대답해 드리겠습니다!!!"

"로버트 감독님의 영화는 재밌게 보셨나요?"

"무진장 재밌었습니다!"

"전 두 번 봤습니다!"

"난 세 번 봤다, 임마!"

"하하하. 저도 재밌게 봤습니다. 그럼, 그 영화의 테마곡은 좋게 들으셨나요?"

"당근 빳다죠!"

"전 두 개 구매했습니다!"

"전 일가친척한테 음반 다 선물해 줬습니다!"

입가에 자연스레 지어지는 미소.

"그럼 들려드리겠습니다. 지금부터 들려드릴 곡은 'Sleeping With Sirens'입니다!"

"이예에에에에!!!"

뜨거운 반응.

현일의 입꼬리가 올라갔다.

'MTV가 머지않았군.'

MMF는 영화 주제가 말고도 리얼리티 드래곤즈의 리메이크 곡과 데뷔곡을 연주했다.

한 곡으로 끝내긴 너무 아쉽지 않은가.

"앵코올~!"

그 외에도 MMF의 곡을 세 개쯤 더 선보여 주었다.

역시 가사를 영어로 지은 건 신의 한 수였다는 생각이 들었다.

흥분의 열기 때문일까, 아니면 미국인들의 취향을 저격했기 때문일까.

관객은 MMF의 노래를 거부감 없이 받아들였다.

그리고 곧 공연이 끝났다.

MMF에게도, 관객들에게도 아쉬움이 많이 남았다.

'아직 기회는 많아.'

미련을 털어버리고 이내 기자들 앞에 나선 MMF.

공연 시작 전부터 기다리고 있었음에도, 자리를 이탈한 기자는 단 한 명도 없었다.

그들은 마이크를 들이대며 질문을 쏟아냈다.

"한국 출신 밴드가 이렇게 인기를 끈 건 상당히 이례적인 일인데요. 소감 한 말씀 부탁드립니다!"

하나씩 질문에 대답을 해준 뒤, 남선호는 하고 싶었던 말을 꺼냈다.

"사실 우리가 최초죠. 그 점에 대해선 무척이나 뜻깊게 생각하고 있습니다. 저희를 시작으로 우리나라의 인디 밴드들 모두가 희망을 가졌으면 좋겠습니다. 이제 마지막 질문을 받겠습니다."

"한국인으로서 빌보드에 우뚝 서게 된다면, 불편한 점도 있지 않을까요?"

다소 공격적인 질문.

남선호는 그 말을 예상했다는 듯한 표정을 지으며 이렇게 말했다.

"음악엔 국경이 없습니다."

*　　　　*　　　　*

남선호의 마지막 답변은 '어록'이 되어 큰 파장을 일으켰다.

'음악엔 국경이 없다.'

각종 SNS를 떠돌아다니며 네티즌은 연신 멋있다는 반응이 잇따랐다.

그 이후, MMF의 음반과 디지털 음원 판매량은 폭발해 버렸다.

그들이 데뷔한 지 얼마 안 된 시절 발매한 1집의 누적 판매량을 집계해 보니 거의 천만 장에 가까웠다.

한준석은 이 기회에 미국에 GCM 엔터의 지사를 설립하는 게 어떻겠냐고 제안해 왔다.

그래서 그렇게 하기로 했다.

호텔과 가까우면서, 교통이 편리한 상가 건물을 통째로 사들인 것이다.

'전망도 훌륭하군.'

푸른 공원이 한눈에 내려다보이는 빌딩.

액수가 만만치 않았지만, 그 값이 이해가 될 정도로 만족스러웠다.

"밑에 층에 들어와 있는 사무실들 계약 기간이 끝나는 대로 내보내고, 개조할 계획입니다. 몇 개월 후면 될 것 같아요."

—딱 좋군요. 그럼 저도 일 끝나는 대로 미국으로 가겠습니다.

"네, 수고하세요."

한준석과 통화를 끊자마자, 크리스 로버트에게서 연락이 왔다.

"네, 감독님."

—잘 지내시나?

"그럼요."

—괜히 물어봤군. 내 영화 팔아서 밴드 하나 스타덤에 올려놓은 걸 보니 아주 입이 귀에 걸릴 지경이실 텐데 말이야.

"하하하. 덕 좀 봤습니다."

—그나저나 요새 참 하는 일이 많더군. 우리 영화사의 지분을 사들였다지?

"뭐, 어쩌다 보니 그렇게 됐습니다."

—대기업을 만들 생각이신가?

"가능하다면, 안 할 이유 없지 않습니까?"

—월가가 GCM을 주목하고 있어. 아무튼 앞으로도 잘해보자고.

"저야말로."

—아, 참. 잊을 뻔했군. 곧 아카데미 시상식이 열릴 테니 당신도 꼭 오는 게 좋을 거요. 분명 얻어가는 게 있을 터이니.

아카데미 시상식.

흔히 오스카상이라고도 불리는, 할리우드 최고 권위의 시상식이 머지않아 열린다.

그의 영화는 다음 아카데미 시상식 최우수상의 유력 후보였던 것이다.

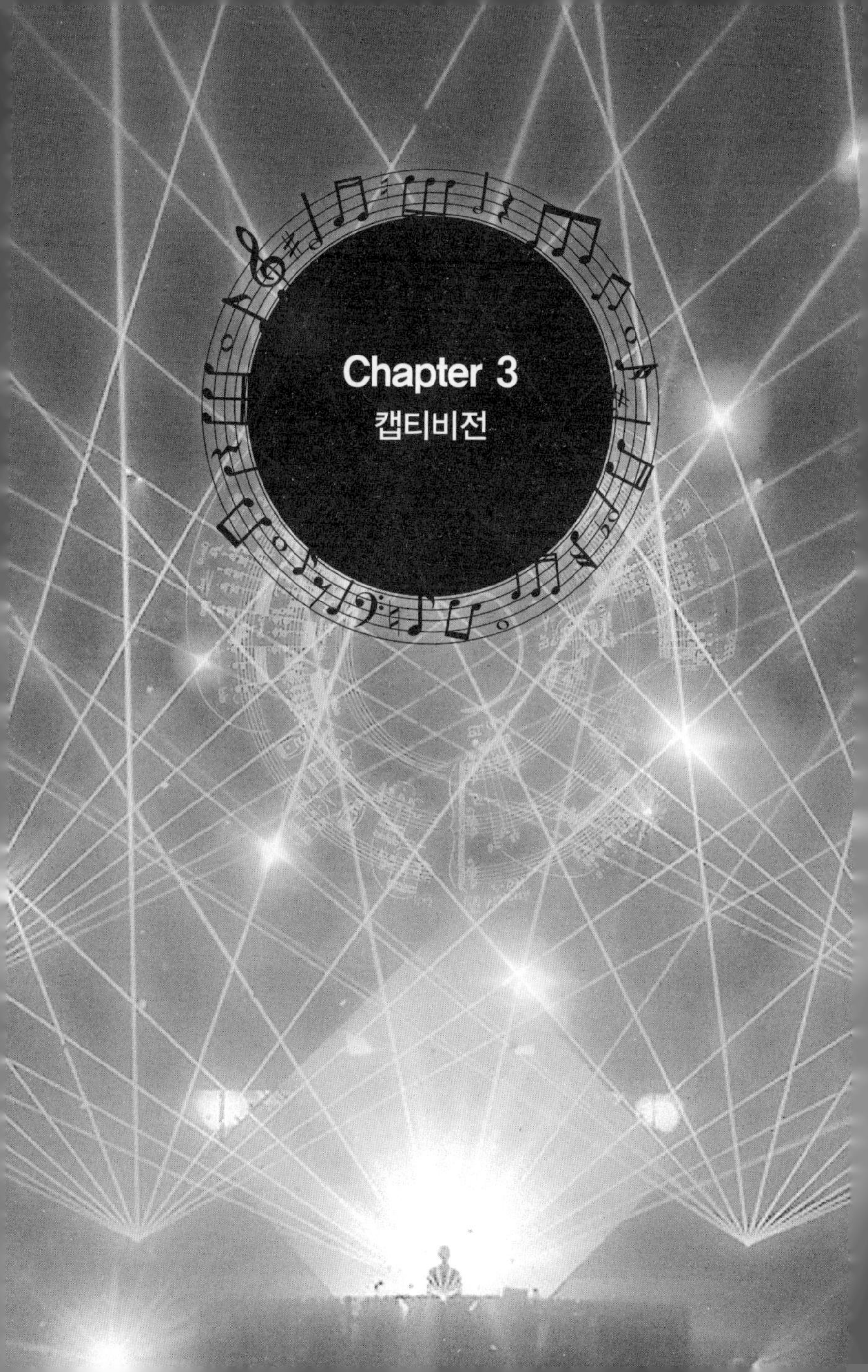

Chapter 3
캡티비전

시상식 이후 MMF의 행보는 탄탄대로였다.

각종 방송국 및 음악 채널에서 섭외 요청이 쇄도했으며, 한국에서도 이 일을 대서특필한 것이다.

이로써 GCM 엔터는 여타 기획사와는 궤를 달리하는, 한국 굴지의 독보적인 연예 기획사로 거듭나고 있었다.

덕분에 한국 연예계와 대중들의 관심사는 온통 현일과 MMF, 내지는 GCM 엔터의 행보에 좌우되었다.

그중에서도 가장 꾸준히 거론되고 있는 관심사가 있었으니.

바로 '제발 오디션 좀 열어주세요!'였다.

대중과 언론은 대체 GCM 엔터는 아티스트를 어디서 공수하는 건지 의아해했다.

오죽하면 GCM 엔터에 소속된 가수들을 '선택받은 자'라고까지 부를까.

'그건 나중에 해결하고.'

대중들이야 애가 타지만 당장 급한 일은 아니었다.

'한국에 돌아가면 차차 생각해 봐야지.'

지금 현일의 최대 관심사는 눈앞에 있는 사람이 하고 있는 일이었다.

백발이 드문드문 나 있는, 크리스 로버트와 비슷한 연배로 보이는 중년이었다.

그가 눈썹을 찡긋 세우고는 말했다.

"아, 이분이 바로 네가 말한 그 작곡가로군."

"놀랐나?"

크리스 로버트가 지미 카터와의 약속 장소로 현일을 안내해 준 것이다.

캡티비전 블리자드 주식회사.

'이름도 참 길구만.'

듀티 콜즈 유 등의 시리즈를 유통한 캡티비전과 스타크래프트, 워크래프트 등을 만든 블리자드 엔터테인먼트가 합병한 비디오 게임 제작사.

그러나 '캡티비전'과 '블리자드 엔터테인먼트'는 '캡티비전 블리자드'의 자회사로써 독립적으로 존속하고 있는 형태였다.

아무튼 캡티비전 사옥 안에 있는 카페에 도착한 현일.

"그럼 안 놀라겠나? 요즘 TV에서 시도 때도 없이 보이는 얼굴이신데."

"그건 그렇지. 아무튼 난 이만 가보겠네. 얘기들 나누시게나."

"음, 반갑습니다. 지미 카터라고 합니다. 듀티 콜즈 유 프랜차이즈의 총괄 디렉터를 맡고 있죠."

"처음 뵙겠습니다. 얘기는 들었습니다. GCM 엔터의 작곡가입니다. 그런데, 로버트 감독님과 꽤나 친하신 것 같네요."

"고등학교 동창이거든요."

"아."

둘은 몇 분간 서론을 나누다가 본론으로 들어갔다.

"저희 회사가 맡고 있는 게임에 대해서는 어느 정도 알고 계십니까?"

"잘 알죠. 나온 시리즈 전부 다 해봤으니까요."

"하하하. 그럼 이야기가 빠르겠네요. 아시겠지만 'Duty Calls You'는 제작사가 세 곳으로 나뉘어져 있습니다. 다음으로 출시 예정인 작품은 클레이아트 사의 블랙 옵스3이고요. 그런 면에서 저희 캡티비전은 제작사라기보다는, 기획 및 유통사에 가깝습니다."

블랙 옵스3은 듀티 콜즈 유 프랜차이즈 중에서 가장 많은 판매고를 올린 시리즈였다.

일반 판이 59달러가 넘는 가격임에도 불구하고 발매 첫 달 만에 3천만 장 이상을 팔아치운 작품이었으니 말 다한 것이다.

이후에는 게임의 스타일은 꾸준히 바뀌갔으나, 특유의 패턴 개선의 부재로 식상해진 탓에 판매량이 쭉쭉 떨어져 나갔지만.

'오랫동안 우려먹었던 프랜차이즈인데 어쩔 수 없지.'

현일은 고개를 끄덕였다.

"전년도 작품의 매출은 얼마나 나왔습니까?"

"곧 십억 오천만 달러를 넘을 것 같습니다. 블랙 옵스3는 그 두 배를 목표로 삼고 있어요, 일단은요."

"그럼 작업실도 그쪽에 있습니까?"

"네. 사실 하청 업체 비슷한 거라 시설이 최고는 아니지만, 나름 괜찮죠."

"그런 건 상관없습니다. 음악 만드는 데 문제만 없다면."

"그거야 전혀 문제없습니다. 그래도 만약 필요하신 거나, 불편한 게 있으시면 뭐든 말씀하세요. 최대한 도와드리겠습니다."

"알겠습니다. 일단 지금 바로 둘러보고 싶습니다."

* * *

클레이아트 스튜디오.

지미 카터에게 위치를 전해 듣고 회사를 찾아간 현일.

연락을 받은 클레이아트의 사장이 마중 나왔다.

"존 샌더슨입니다. 기다리고 있었습니다."

"반갑습니다."

그의 안내로 건물 안으로 들어간 현일은 사옥을 둘러보았다.

'예상외로 크네.'

그냥 층 하나 있는 사무실에서 이삼십 명이 키보드 두드리고 있을 줄 알았는데, 사내 복지시설도 좋고, 인테리어도 깔끔한 데다 여러모로 시설이 좋았다.

그런 현일의 생각을 읽기라도 한 듯 존 샌더슨이 씨익 웃으며 물었다.

"생각보다 크죠?"

"네, 그러네요."

"원랜 작았는데, 블랙옵스 시리즈의 연이은 성공으로 캡티비전에서 지원금을 많이 받았거든요, 하하하."

현일은 고개를 끄덕였다.

"미국에서 제일 많이 팔린 게임이 되었으니까요."

"그렇죠. 그 기록은 다른 스튜디오에 깨졌지만."

"하하……."

"뭐, 기록은 깨라고 있는 것 아니겠습니까? 우리가 반드시 다시금 뛰어넘을 겁니다. 실제로 캡티비전에서 블랙 옵스3에 많은 기대를 걸고 있기도 하고요."

타 스튜디오에서 제작한 작년 작품이 꽤나 큰 성공을 거둔 탓이리라.

대략 2천만 장을 넘게 팔았으니.

그럼에도 존 샌더슨의 얼굴엔 일말의 부담이나 불안감 따위는 보이지 않았다.

오히려 분명 성공할 것이리란 자신감이 넘쳐났다.

"그런데 개인적으로 궁금한 게 있습니다만."

"뭐든 물어보세요."

"듀티 콜즈 유는 일 년에 하나씩 나오는데, 스튜디오가 세 개면, 그 삼 년 동안은 뭘 합니까?"

"예전엔 별의별 걸 다 했죠. 피시 게임을 콘솔(비디오 게임기)로, 또는 그 반대로 이식하는 의뢰도 받았고, …뭐 하여튼 여러 가지 했습니다."

그가 커피를 건네며 말을 이었다.

“캡티비전이 블리자드와 합병된 지금은 FPS 장르에 미숙한 블리자드를 위해 ‘오버워치’라는 게임의 제작을 도와주고 있습니다.”

“그렇군요. 이름만 들어도 재밌을 것 같은 게임이네요.”

한 번도 안 해봤지만.

“재밌습니다. 듀티 콜즈 유보단 못하지만. 하하하하! …아무튼, 바로 작업실부터 보여드릴까요?”

현일은 고개를 저었다.

“아뇨. 기획팀부터 만나보고 싶습니다.”

“기획팀을요? 시나리오팀이 아니라?”

“네. 상의하고 싶은 게 있어서.”

“예, 뭐… 그러시죠, 그럼.”

현일은 이동하는 중에 문득 떠오른 게 있어 존 샌더슨에게 물어보았다.

“그러고 보니, 캡티비전 블리자드 지분 매각 건은 어떻게 됐습니까?”

블리자드 엔터는 본래 비방디 게임즈의 자회사.

그런 비방디가 캡티비전 블리자드의 지분 61%를 매각하기로 했다고, 미디어는 신나게 떠들어댔다.

전생에서는 그냥 그렇구나 하고 지나쳤던 이야기.

현일은 존 샌더슨의 대답에 귀를 기울였다.

“처음엔 마이크로소프트에 제안을 했는데, MS는 이미 막강한 프랜차이즈 게임이 있어서 거절했어요. 혹시 모를 수익의 동반

하락을 우려한 거죠."

자사에 킬러 콘텐츠가 두 개나 있으면 팬 층이 나뉘는 것은 어쩌면 당연한 일이니까.

그가 말을 이었다.

"이후에 텐센트에 접근했는데, 그 회사가 인수에 필요한 자금이 없어서 실패했죠. 그다음 후보가 한국의 넥슨이었지만 역시 마찬가지 이유로 실패했고요. 제 생각엔 아마 캡티비전 블리자드가 자사주로 매입해서 독립하지 않을까 예상하고 있습니다."

확실히, 캡티비전과 블리자드의 게임이라면 그만한 자금도 충분히 모일 것이다.

"음… 매각하는 지분이 육십일 퍼센트였나요? 필요한 금액이 얼맙니까?"

"왜요? 매입하시려고? 팔십일억 달러 있으십니까?"

"글쎄요? 있을까요?"

"있으시면 제가 당장 대표이사님으로 모셔드리죠. 하하하하!"

"하하하하."

'듀티 콜즈 유가 2019년에 영화화가 되니까… 감독은 크리스 로버트. 딱 좋군.'

GCM 엔터가 GCM 그룹으로 향하는 계획이 착착 들어맞는 기분이었다.

물론 그때까지 현찰을 착실히 긁어모아야겠지만 말이다.

* * *

"제 제안은 이렇습니다. FPS게임은 대체로 멀티 플레이엔 BGM이 없잖습니까?"

"그렇죠."

"그러니까 이제 넣어보자는 겁니다."

"흐음… 그래봤자 플레이어들은 총 쏘느라 정신이 팔려서 BGM같은 걸 감상하고 있을 여유는 없을 텐데요."

기획팀장, 테드 로건의 생각은 회의적이었다.

"그렇게 따지면 어차피 싱글 플레이도 피차일반 아닙니까?"

"그거랑은 좀 다르죠. 오프닝과 엔딩이 있는데. 이벤트 신도 그렇고."

"그럼 여유를 가지고 감상할 정도로 좋은 곡을 만들어 드리겠습니다."

"그래도 좀……."

진심으로 부정적으로 생각하는 건지, 단순히 알력 다툼에서 지기 싫은 건지.

하여튼 간에 테드 로건은 제 고집을 도통 꺾으려고 하질 않았다.

"안 됩니다. 아무튼 안 돼요."

"왜죠?"

"거참… 우리가 그러고 싶어도, 그게 마음대로 되는 게 아니에요. 위에서 정해진 지침대로 하는 것뿐이란 말입니다."

"위 누구요?"

"캡티비전이지 누구겠습니까?"

"그렇군요."

"그렇습니다."

테드 로건은 씨익 입꼬리를 올렸다.

현일의 납득한 모습에, 알력다툼에서 이긴 것이 여간 기분이 좋은 게 아닌 모양이었다.

'흥, 작곡가가 제 아무리 잘나봐야 게임에서 고작 OST 가지고 뭘 한다고. 그리고 뭐? 여유를 가지고 감상할 정도로 좋은 곡? 웃기고 있네. 유저들은 그냥 총 쏴서 죽이기만 하면 되는 바보들이라고.'

테드 로건은 절대 BGM 따위가 플레이어들에게 실질적인 영향을 미치리라 생각하지 않았다.

그에게 게임이란, 단순히 유저들의 지갑을 털어 자신이 받을 월급을 생산하는 도구에 불과했다.

"그럼 안녕히 계십쇼."

"예, 안녕히…… 예?"

현일은 가타부타 할 것 없이 바로 자리에서 일어났다.

말도 안 통하는 사람과 같이 할 일은 없으니까.

현일은 그대로 회사를 떠났고, 이 일은 기획팀에서 존 샌더슨에게, 그리고 지미 카터에게 전해졌다.

그리고 클레이아트 스튜디오는 뒤집어졌다.

*　　　　　*　　　　　*

"그럼 기본적인 안내 사항부터 말씀드리겠습니다."

클레이아트의 음악팀은 미동도 않고 현일의 말을 경청했다.

모종의 사건이 있은 뒤로 테드 로건은 다음 날 스튜디오에서 얼굴을 볼 수 없었기 때문일까.

"이번 작품은 좀 바빠질 겁니다. 멀티 플레이에도 음악을 삽입하기로 결정되었거든요."

굳이 멀티 플레이에도 음악을 넣으려는 이유는 다름이 아니었다.

그렇게 하면 싱글 플레이 OST는 CD1, 멀티 플레이 OST는 CD2.

두 장으로 만들어서 팔면 판매량이 두 배, 매출도 두 배 아닌가.

음악팀의 직원들은 몸이 두 배로 굳었지만.

물론, 단순히 두 배라는 수치가 나오지는 않을 것이다.

왜냐하면.

"아, 그리고 이번 작품 시즌 패스(다음 해 계절마다 나오는 새로운 콘텐츠 전부를 할인 된 가격에 파는 상품)는 2년 치 분량이더라고요?"

그러자 직원이 고개를 끄덕였다.

"네, 다른 스튜디오 작품 따윈 집어치우고 블랙 옵스3를 2년 동안 하라는 뜻입니다."

"하하하. 그러니 신규 맵마다 BGM을 새로 깔아야겠죠?"

미소를 짓고 있던 직원의 낯빛이 급격히 썩어 들어갔다.

'전생에서 첫 달에 삼천만 장이었으니, 이번엔 오천만 장을 목표로 잡는다.'

이제 영화 시장보다 더 큰 물에서 놀 때가 온 것이다.

안색이 파리해진 직원이 조심스럽게 물었다.

"저… 굳이 그렇게까지 해야 하는 이유가 있나요?"

"뭐든 열심히 하면 좋죠. 안 그렇습니까?"

"아, 예……."

물론 그거야 표면적인 이유일 뿐이었다.

영화와 게임 음악계를 주름잡고 있는 작곡가가 한 명 더 있는데, 그는 훗날 듀티 콜즈 유 시리즈에 음악 감독으로 참여한다.

'그리고 비디오 게임 역사상 최초로 뮤지컬 사운드 트랙 부문 레전더리 아카데미 어워드를 수상했고.'

그 어워드의 주효한 원인이 된 것은 홍보용 시네마틱 트레일러.

현일은 그 최초의 기록을 조금 앞당겨볼 심산이었다.

*　　　*　　　*

듀티 콜즈 유는 본래 실제 2차 대전을 배경으로 만들었던 FPS 게임.

그것이 지금 블랙 옵스3에 이르러 미래까지 가게 되었다.

아무튼, 이 작품의 일등공신이 되어줄 트레일러에 삽입할 곡을 작업 중인 현일.

'전쟁'이니, 강렬한 비트와 펑펑 터지는 효과음을 생각할 법도 하지만, 현일의 곡은 오히려 차분했다.

이래도 되는 건가 싶을 정도로 말이다.

옆에서 모니터링하고 있던 직원이 감상을 말했다.

"뭔가… 슬퍼지는 느낌이네요."

"그렇죠, 전쟁이니까요."

전쟁의 고통과 비극을 표현한 곡이다.

"여기에 현악기와 아카펠라도 넣을 예정입니다."

"마치 단편영화 같은 느낌이겠는데요?"

"제가 생각했던 콘셉트를 정확하게 맞추셨네요. 하하."

사실 음악 감독 입장에선 큰 틀만 보면 크게 다르지 않았다.

작가진에게 받은 시나리오를 보고, 그에 맞춰 OST를 작곡한다.

그런 거니까.

보름이 지나고, 현일은 얼추 완성된 트레일러용 OST를 존 샌더슨에게 들려주었다.

"되게 좋은데요? 잔잔하면서도 전장의 긴박감과 긴장감을 적절히 살린 것 같아요. 들을수록 영상에 빠져들게 만드는 묘한 매력이 있다고 할까."

총괄 디렉터인 지미 카터에게도 비슷한 감상을 들었다.

"현악기가 힙합 비트 같은데 이게 또 의외로 매력이 있네요. 이걸로 가도 좋을 것 같습니다."

그렇게 시네마틱 트레일러 삽입곡은 이것으로 결정이 되었다.

보름 후, 블랙 옵스3에 대한 정보 공개만을 손꼽아 기다리던 팬들은 환호를 질렀다.

시네마틱 트레일러의 공개.

첫 째로 트레일러 자체의 공개 때문이었으며, 둘째로는 영상과 음악의 퀄리티 때문이었다.

—드디어 나오는구나! 블랙 옵스2 이후로 너무나도 긴 기다림이었다!

—단언컨대 이 시리즈는 듀티 콜즈 유 프랜차이즈 역대 최고의 작품이 될 거다.

—이거 OST 누가 작곡한 거죠?

ㄴ 최현일임.

ㄴ 너무 좋아서 혹시나 했는데 역시나네요. 크리스 로버트 영화에서도 진짜 대단하다고 느꼈었는데.

—영화 같은 영상, 훌륭한 편집, 그리고 그 무엇보다도 완벽한 음악. 게임은 나와야 알겠지만, 트레일러는 역대급으로 뽑았다. 그나저나 OST 발매좀.

공개 첫 주 만에 유튜브 조회 수 천만을 넘기면서 각종 미디어 매체에서도 큰 화제가 되었다.

흥분한 지미 카터가 말했다.

“대단한 기록이에요! 이렇게 단시간에 좋아요 수가 백만을 넘긴 건 게임계 역사상 최초입니다! 아마 기네스에도 오를 거라고요!”

트리플A급 게임이라곤 하지만, 게임 트레일러가 첫 주 조회 수 천만은 상당히 이례적인 일이었다.

시대가 다르긴 하지만, 듀티 콜즈 유의 6년 전 시리즈의 트레일러 조회 수가 현재 천만이니 말이다.

“이번 작품은 정말 위에서도 큰 기대를 걸고 있습니다!”

지미는 나이가 무색하게 연신 호들갑을 떨었다.

하기야 그럴 만도 했다.

팬들의 반응이 뜨거울수록, 기대수익이 더욱 증대된다는 뜻이니.

이후로도 현일은 틈틈이 작곡을 해나갔다.

'많기도 하구나.'

방식은 영화와 비슷해도, 양의 차이가 달랐다.

영화의 OST는 이미 있는 곡을 가져다 쓰는 경우도 적지 않지만, 게임은 하나부터 열까지 다 만들어야 하니까.

2년간 이어질 시즌 패스에 삽입할 BGM까지 더하면, 필요한 OST는 대략 50여 개.

'한 CD3 까진 나올 것 같네.'

물론, 2분 남짓한 곡들도 더러 있기는 했다.

그렇다고 대충대충 만든 곡은 절대로 없었다.

"자, 자. 앞으로 보름만 더 힘냅시다."

현일은 직원들에게 간간이 페퍼로니 피자도 사주면서, 하나씩 작업을 완성해 나갔다.

*　　　*　　　*

한 달 후.

"이제 한 시간 남았군요."

마지막 트레일러까지 공개하고 다시 일주일이 흐른 지금.

블랙 옵스3의 발매까지 앞으로 한 시간이었다.

존 샌더슨이 꿀꺽 침을 삼켰다.

"매 주기마다 하는 거지만, 정말 익숙해지지가 않아요. 이 긴장감이란 게."

"특히나 지금껏 가장 기대 중인 시리즈니까요."

"그런 것도 있죠."

하나, 어째선지 존 샌더슨의 눈에 현일은 태연해 보였다.

"떨리지 않으십니까?"

"조금요, 전 이미 익숙해진 지 오래라."

"그렇군요……."

이때까지 얼마나 많은 노래를 발매했던가.

게다가 현일은 이미 이 작품이 얼마나 팔릴지 대충 알고 있으니까.

"그럼 전 이만 가보겠습니다. 내일이 기대되네요."

"예. 그동안 수고 많으셨습니다. 쉬세요."

현일은 미련 없이 발걸음을 돌렸다.

'아마 내일은 시끄러운 하루가 되겠지?'

전생에는 발매 3일 만에 900만 장을 넘게 팔아치우고, 5억 5천만 달러 이상의 매출을 벌어들이며 그 한 해 최고의 수익을 달성한 엔터테인먼트 상품이 되었었다.

과연 현일의 OST가 거기서 얼마나 더 끌어올려 줄 수 있을까.

* * *

총 제작비, 약 1억 6천 7백만 달러.

그것을 발매 후, 12시간 만에 전액 회수했다.

그리고 출시 24시간 만에 약 1,100만 장, 매출로 6억 8천만 달러를 달성하며 같은 시간 내 최고 매출 세계 기록을 보유하고 있던 블랙 옵스2의 5억 달러를 뛰어넘었다.

스스로가 세웠던 기록을 다시금 깨뜨린 것이다.

그로부터 이틀 후.

"정녕 이것이 현실로 가능한 수치란 말입니까…?"

클레이아트사의 사장인 존 샌더슨은, 블랙 옵스의 총 책임자이면서도 판매량을 믿지 못하고 있었다.

"이대로라면 이번 달 삼천만… 아니, 오천만도 꿈이 아니겠네요."

"오, 오천만……!"

"아마 한동안은 세계에서 가장 많은 사람들이 플레이하는 게임이 되지 않을까 싶습니다. 하하."

그러나 사실 현일에게 그런 것 따윈 별로 중요하지 않았다.

이번에 어떤 기록을 갈아치웠고, 뭐가 기네스에 올랐다든지 같은 것들 말이다.

물론 많이 팔릴수록 현일이 받는 몫도 늘겠지만, 그보다는 OST CD가 현일의 최대 관심사였다.

아쉽게도 캡티비전 블리자드 측이 수익은 나누되, 음반 출판권은 끝끝내 넘겨주지 않았지만, 디지털 음원만은 GCM 뮤직으로 가져올 수 있었다.

그 어떤 기획사에게도 해주지 않는 '메인 배너 일주일'까지 걸고, 선착순 및 추첨으로 OST를 구매한 사람에게 블랙 옵스3 무료 쿠폰을 주는 이벤트까지 넣었다.

현일은 안시혁에게 전화를 걸었다.

"어때요? 매출 좀 나와요?"

—어. 장난 아니야.

"얼마나 나왔는데요?"

—뭐든 할 수 있을 정도로.

만족스러운 대답이었다.

현일은 절로 입가에 호선이 그려졌다.

'캡티비전이 알면 배 좀 아프겠는데?'

게임 자체 판매 수익에 비할 바는 아니지만, 아마 OST로도 무시할 수 없는 실적을 낼 수 있다는 걸 캡티비전 측이 안다면, 절대 디지털 음원 전송권을 홀랑 넘겨주진 않았을 것이다.

'구태여 알려줄 이유도 없지만.'

애초에 이런 사례 자체가 거의 없는 데다가, GCM 뮤직의 매출이나 음원 판매량에 대해서는 말을 상당히 아끼고 있었기에 가능한 일이었다.

[블랙 옵스3 기어코 5천만 장을 돌파!]

[지난 달 내 70억 달러의 경이적인 매출을 기록!]

그리고 다음 달로 접어들었을 때 캡티비전은 기어코 5천만 장의 판매고를 올렸음을 발표했다.

저번 달 17일에 출시했으니, 약 13일 만에 이룬 쾌거였다.

현일은 지미 카터에게서 잠깐 보자는 말을 듣고 그를 찾아갔다.

"여기 앉으시죠."

"예."

"저희 회사는 이번 작품으로 거의 역사를 만들었습니다."

"축하드려요."

"그리고 우린 그 원인이 작곡가님에게 있다는 생각이 들었습니다."

현일이 눈썹을 찡긋했다.

"왜 그렇게 생각하셨나요?"

"싱글 플레이의 스토리가 허술하다는 건, 듀티 콜즈 유 시리즈를 낼 때마다 지적받던 고질적인 문제였습니다. 그걸 단번에 뒤집어엎었다는 게 지금 세간의 평가고요."

"그리고요?"

지미 카터가 두 손바닥을 위로 향하게 들어보였다.

"솔직히 시나리오팀도 예전 그대로고, 이전 작품과 크게 다를 바도 없습니다. 달라진 건 하나뿐이죠. 아마 OST의 분위기가 플레이어에게 말로 표현하기 힘든… 어떤 시너지 효과를 낸 것 같아요."

"감사합니다."

"아마 OST도 굉장히 잘 팔리고 있을 것 같은데요. 안 그런가요?"

현일은 고개를 끄덕이며 살짝 웃어보였다.

하나, 고작 칭찬을 해주려고 이곳으로 부른 건 아닐 터.

그의 다음 말을 기다렸다.

"그래서 말인데, 작곡가님이 듀티 콜즈 유 프랜차이즈의 OST 작업을 앞으로도 맡아주셨으면 합니다."

이번에도 비슷한 제안이었다.

사실 지미는 자신이 만든 게임을 플레이하지 않는다.

왠지 흥미가 생기지 않으니까.

하지만 이번 작품은 해봤다.

대체 얼마나 재밌기에 이런 판매량이 나올 수 있는 건지.

하지만 이전 작품과 똑같았다.

달라진 거라곤 그래픽, 시대 배경과 캐릭터 모델… 그리고 기타 등등.

만약 스피커를 꺼놓는다면 말이다.

그러나 스토리 모드를 하면서, 그리고 PVP를 하면서 깨달았다.

이렇게 복사 붙여넣기해서 이름만 바꾼 시리즈를 새롭게 변화시킬 수 있는 건 현일의 음악뿐이라는 것을.

아무튼 현일은 그의 제안을 이미 예상하고 있었기에 아무렇지 않게 대답했다.

"언제까지고 여기서 묶여 있을 생각은 없습니다."

"그럼……?"

"저희 GCM 엔터에 외주 넣으세요. 의뢰가 들어오면, 언제든 만들어 드리겠습니다."

"음… 건의해 보겠습니다."

"긍정적인 답변 기대할게요."

*　　　*　　　*

호텔.

요즘 들어 호텔의 고객이 눈에 띄게 늘었다.

공연이 없는 날도 체감이 날 정도로.

프론트에서 체크인을 하고 엘리베이터를 기다리고 있으니, 훈훈한 인상의 호텔 지배인이 찾아왔다.

"작곡가님! 기다리고 있었습니다."

"아, 예. 반갑습니다. 그런데 무슨 일로?"

"실은 작곡가님이 오시면 뵙게 해달라는 손님이 계셔서요. 혹시 실례가 안 된다면 모셔도 되겠습니까?"

"네, 뭐. 그럽시다."

현일은 흔쾌히 그를 따라나섰다.

'설마 기자는 아니겠지?'

그것을 지배인에게 물어보려다 말았다.

솔직히 막무가내로 찾아와서 카메라와 마이크를 들이대는 기자들보다야 훨씬 낫다.

최소한의 예의를 갖춘 것만으로도 한 번 정도는 인터뷰에 응해줄 의사가 있었다.

'만나보면 알겠지.'

무엇보다, 자신을 만나게 해달라는 부탁을 호텔 측에서 받아줄 정도로 호텔에게 중요한 사람이라는 뜻일 테니, 사실 누구인지 궁금한 것도 없지 않았고 말이다.

"도착했습니다. 고객님."

아니나 다를까, 지배인이 안내한 곳은 호텔의 VIP 전용 라운지였다.

"전 가볼 테니 원하시는 게 있으시면 언제든 말씀해 주시길."

"네. 수고하셨어요."

이내 지배인이 가볍게 목례를 하고 발걸음을 돌렸다.

현일은 기대 반, 의심 반으로 문고리를 돌렸다.

문이 열리고, 안으로 들어가니 상당히 의외의 얼굴이 그 안에서 차를 마시고 있었다.

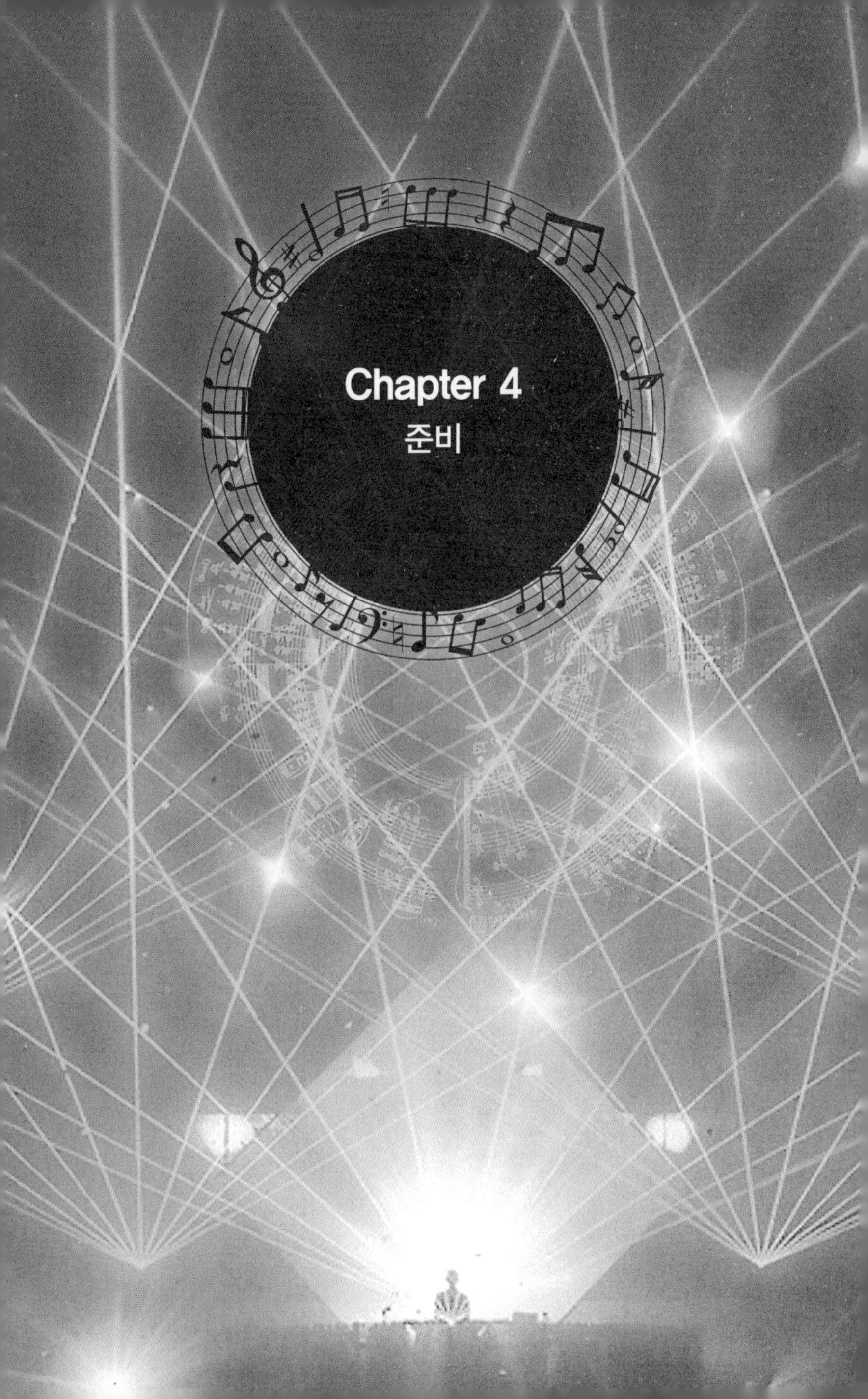

Chapter 4
준비

황금처럼 빛나는 금발.

푸른 눈의 그녀가 현일을 보고는 미소를 지으며 인사했다.

"오랜만이에요, 작곡가님."

"사라."

꽤 반가운 얼굴이었다.

"우리 꽤 친한 사이 아니었던가요?"

"음… 서로 바빴으니 어쩔 수 없었죠."

"그랬나요? 저는 언제쯤에야 작곡가님이 저의 다음 곡을 만들어주실까, 그것만 오매불망 기다리고 있었답니다."

'프라이드의 약발이 떨어졌나?'

그러나 현일은 이내 속으로 생각을 부정했다.

'…그럴 리는 없지.'

현일은 스스로도 많이 성장했다고 느꼈지만, 그래도 여전히 전설 등급의 음악은 쉬이 만들어지는 것이 아니었다.

특히나 GCM 뮤직에서 사라 테일러의 'Pride'는 스테디셀러 1~2위를 다툰다.

현일은 잠시 고민하다 입을 열었다.

"그래요, 그것도 괜찮겠네요."

슬슬 사라 테일러의 곡을 만들어줄 때도 된 것 같다.

그러자 그녀의 얼굴이 환하게 밝아졌다.

"그런데 지금 쌓인 일이 많아서요. 기다리셔야 됩니다."

"얼마나요?"

"일단… 반년 정도?"

"바, 반년……?"

"일단은요. 지금 차례가 많이 밀려 있어서."

그러자 사라 테일러는 한숨을 쉬었다.

"하아… 알았어요. 그렇다면 어쩔 수 없네요."

"올해 안엔 꼭 드리겠습니다."

"네, 기다릴게요."

"오랜만에 만났는데 같이 식사라도 할까요?"

"좋아요."

그 후, 저녁 시간이 되자 사라 테일러와 식사를 하면서 만담을 나눴다.

에드먼드 호텔의 레스토랑도 제법 만족도가 높았기에, 멀리 갈 필요도 없었다.

오랜만이라서 그런지, 서로 하고 싶었던 말이 많아 식사는 길게 이어졌다.

문득 사라 테일러가 물었다.

“그나저나 그녀는 잘 지내고 있나요?”

“그녀?”

“김성아 말이에요. 예술의 전당에서 봤던.”

“아… 네. 잘 지내고 있어요. 같이 뮤지컬도 할 겁니다.”

“오! 저도 뮤지컬 좋아하는데.”

“하하. 그럼 같이 출연하세요.”

“노래는 제 분야가 아니라서요. 아쉽게 됐네요. 그래도 공연은 꼭 보러 갈게요.”

“언제든지.”

사라 테일러가 클래식 아티스트이기 때문일까, 현일은 문득 은가은이 떠올랐다.

“그런데, 당신도 퀸 엘리자베스 콩쿠르에 나가신 적 있으시죠?”

“그럼요. 열여섯 살 때 바이올린 부문 최우수상을 탔었죠.”

그녀는 현일의 물음에 다음 질문에 대한 답까지 미리 해주었다.

“근데 갑자기 그건 왜요? 혹시 그거 준비하고 있는 거예요?”

“네, 저희 회사 소속 가수가 국제 삼대 콩쿠르 중에 하나를 노리고 있거든요.”

“그래요? 진즉 저한테 알려주시지 그랬어요. 얼굴 한번 보고 싶은데.”

“그럼 보러 오세요.”

"진짜 가도 되죠?"

"언제든지."

*　　　*　　　*

'드디어 돌아가는구나. 한국으로.'

현일은 침대에 누워 천장을 바라보았다.

이제 며칠 후면 남아 있는 잡다한 일을 처리하고 미국 땅을 뜰 때가 오는 것이다.

'다시 오겠지만.'

미국이란 거대한 시장을 한 번의 빛으로 반짝하고 끝낼 수는 없으니까.

원 히트 원더는 현일이 바라는 것이 아니었다.

올 히트 원더.

그것이 작금 현일의 소망이었다.

다음 날, 아침을 먹고 나니 스위트룸의 전화기가 울려 수화기를 들었다.

—작곡가님.

현일은 본래 호텔의 고객이었지만, 지금은 대주주가 된 현일의 호칭을 정하기가 애매해져서 그냥 작곡가라고 부르라 일러두었다.

"네."

—작곡가님을 뵙고자 하는 분이 계시는데, 어떻게 할까요? 유니버셜 뮤직에서 같이 일했던 사람이라고 하셔서 일단 연락드렸

습니다.

"누굽니까?"

—제인 레미라즈라고 합니다. 아는 분이십니까?

'제인 레미라즈가 왜? …아.'

이내 떠올릴 수 있었다.

자신이 그녀에게 명함을 줬던 것을.

아무래도 현일이 최근 상당히 바빴던 탓에 전화가 닿지 않아 직접 호텔까지 찾아온 모양이었다.

그다지 좋은 인연이라고는 할 수 없었다.

그러나 그녀가 하고 있는 일에 대해서 회의감을 느끼는 모습이 왠지 현일 자신의 예전 모습과 겹쳐 보였다.

그래서 명함을 준 것이고.

한순간의 변덕이라고 해야 할까.

"네, 그러자고 전해주세요."

—알겠습니다. 그럼 편히 쉬시길.

"수고하세요."

현일은 수화기를 내려놓고 생각했다.

'왜 보자고 했을까?'

GCM 엔터로 이직하고 싶어서?

원한다면 못 해줄 것도 없다.

가는 사람 안 붙잡고 오는 사람 막지 않으니.

현일은 다시 지배인에게서 연락이 오자 이런저런 생각을 하며 라운지로 내려갔다.

곧 그녀의 얼굴이 보였다.

"오랜만이네요."

그녀는 다짜고짜 물어왔다.

"한국으로 돌아가신다면서요?"

"아주 가는 건 아니고, 휴가차 들리는 거죠. 회사 관리도 할 겸."

"그럼 저도 같이 가요."

짐작은 했지만, 혹시 모르니 이유를 물어보기로 했다.

"왜죠?"

그러자 제인 레미라즈는 지갑에서 현일이 줬던 명함을 꺼내들었다.

"이거 주셨잖아요. 이력서도 가져왔어요. 아니면 여기서 면접이라도 볼까요?"

"그러실 필요 없습니다."

"어째서… 요?"

급격히 어두워지는 그녀의 안색.

그러나 현일의 말은, 거절의 의미가 아니었다.

"뉴욕에 GCM 엔터의 지사가 조만간 완공이 될 겁니다. 굳이 한국에 가실 필요 없죠. 익숙한 곳이 낫잖아요? 그래도 가겠다면야 말리진 않겠지만."

"그럼!"

"거기서 일 하세요. 하고 싶은 것 뭐든지."

미국 벤처기업은 사내 분위기가 매우 자유로운 편이다.

정도에 따라 다르긴 하지만, 직원이 무슨 일을 하든지 터치하지 않는 회사도 있다.

정해진 일이 아닌, 스스로가 아이디어를 개발하는 회사.
실적이 없어도 자르진 않는다.
단지 이 회사에서 자신은 도움이 안 된다고 생각되면, 스스로가 나갈 뿐.
미국에선 그런 걸 해볼 생각이었다.
"그래서, 할 건가요?"
제인 레미라즈는, 기쁜 듯 안심한 듯 미묘한 표정으로 말했다.
"열심히 하겠습니다. 대표님."

*　　　　*　　　　*

한국.
오랜만에 밟는 모국.
왠지 공기도 새로운 느낌이었다.
한지윤은 스케줄이 있어 마중 나오지 못한 것을 아쉬워했다.
몇 주 전부터 서서히 스케줄을 느슨하게 해놓으라 지시해 놨었지만, 워낙 인기 스타다 보니 어쩔 수 없는 일이었다.
어차피 곧 휴가도 줄 터이니 그리 아쉬울 것도 없었다.
"여기야, 여기!"
직접 자가용을 끌고 인천국제공항에서 대기하고 있던 안시혁이 손을 흔들었다.
"기자들 눈 피해서 잘 왔구나."
"그 사람들도 저만 따라다니진 않으니까요."

“모르는 소리. 네가 언제 돌아오는지만 눈에 불을 켜고 있는데? 그래서 내가 힘 좀 썼지.”

“아이고 감사합니다. 누가 들으면 비선 실세라도 되는 줄 알겠어요?”

“하하하하. 어서 가자고.”

둘은 차에 올라 GCM 엔터로 향했다.

운전을 하고 있던 안시혁이 문득 제안을 던졌다.

“우리 오디션이나 열까?”

“그거 괜찮죠.”

대중이 그토록 원하고, 궁금해하던 것.

GCM 엔터는 대체 언제쯤에야 오디션을 열까.

바로 그것이었다.

“GCM 엔터도 이제 좀… 응? 뭐라고?”

“괜찮은 생각인 것 같다고요.”

“그럼 방송국이랑 협의할까? 공개 오디션 프로그램 같은 거 있잖아. 우리도 해보자고. 그리고…….”

이어지는 현일의 말에, 신나서 떠들어대는 안시혁의 말문이 닫혔다.

“작사가 오디션.”

“…응?”

“작사가가 되고 싶은 지망생들을 위한 공모전을 개최할 거예요. 가수 오디션은 그다음.”

“작사가 공모전이라.”

안시혁도 나쁘지 않은 것 같다는 생각이 들었다.

"사실 사람들이 작사가나 작곡가라는 직업이 있다는 것만 알지, 정작 그런 직업을 갖고 싶다는 생각은 안 하잖아요? 그러니까 우리가 기회를 주는 거죠."

"직접 경험해 볼 기회?"

"네. GCM 뮤직 홈페이지에도 배너 하나 딱 걸고."

"어떻게?"

"'꼭 공부만이 성공할 수 있는 길은 아니다.'?"

"학부모들이 되게 싫어할 것 같은데."

"공모전에서 입상만 하면 바로 우리가 채용하는 겁니다. 프로 작사가가 될 수 있게 전폭적인 지원을 해주면 되죠. 학부모들이 자녀를 걱정하는 건, 사실 공부를 안 해서라기보단 미래가 불확실해서 그런 거니까요."

"입상을 못 하면?"

"그러면 없던 일처럼 다시 일상으로 돌아가면 되는 거고. 아무 문제없어요."

공모전인데, 수백 명 뽑는 것도 아니다.

많아야 열 명쯤.

실전에서 써먹을 수 있을 때까지 월급 주면서 가르치면 될 것이다.

그 정도 투자는 해야지 않겠나.

쌓아놓은 총알도 많으니 못 할 것도 없었다.

당연히 공짜는 아니다.

그렇게 프로 작사가가 된 자들은, GCM 엔터의 수혜를 입은 만큼 그 이상으로 열과 성을 다해야 할 것이다.

여느 연예인들처럼.

그런 게 투자니까.

안시혁이 피식 웃으며 말했다.

"그럼 작곡가는?"

"그건 나중에 차차 생각해 봅시다."

"하여튼 자기 밥그릇은 기가 막히게 챙긴다니까."

"하하하."

* * *

[속보! GCM 엔터테인먼트 작사가 공모전 개최!]

—모두에게나 열려 있는 작사가가 될 수 있는 절호의 기회! 놓치지 마세요!

1차 공모전의 선발 인원은 다섯 명.

각종 언론사들은 GCM 엔터의 오디션에 대해서 대서특필했다.

기대하던 가수 오디션은 아니지만, GCM 엔터 주최라는 것이 전국적으로 뜨거운 화제였다.

소문을 듣고 GCM 뮤직의 공지를 본 학생들은 학교 쉬는 시간에 가사를 쓰기 시작했다.

시인들은 자신의 시집을 보냈고, 직장인들은 당장 자신들의 회사를 때려치우고 싶은 생각으로 가득했다.

이지영이 말했다.

"벌써 지원자가 이만 명을 넘었어요. 경쟁률이 사천 대 일이네요."

"근데 표정이 왜 그렇게 어두워?"

"이걸 대체 언제 다 본단 말이야……."

하기야 회사 직원들 전부 가사만 보고 있게 할 수는 없는 노릇.

"최대한 노래라는 틀 안에 있는 가사를 추려. 아니다 싶으면 과감히 넘기고."

아마추어에게서 틀을 벗어난 창조적인 무언가를 기대하진 않는다.

그것도 기본이 돼 있어야만 가능한 일.

그 이상은 여기서 배우면 된다.

그래서 전속 작사가를 뽑는 거니까.

"이미 그렇게 하고 있죠."

"그래? 그럼 눈에 띄는 지원자는 있어?"

"안 그래도 몇십 장 추려왔어요. 작곡가님도 보세요."

이지영은 프린트한 가사를 책상에 올려놓았다.

현일은 그것을 집어 들고 훑어보기 시작했다.

별안간 현일의 눈이 반짝였다.

이내 가사 하나를 이지영의 면전에 들이밀었다.

"이 사람 1차 통과시켜."

"진한별의 우주록(宇宙錄)? 저도 독특한 가사라고 생각하고 있었는데."

"응. 장래가 기대되는 아이야."

사실 아는 이름이었다.

이름처럼 작사계의 진한 별이 될 유망주였다.

'설마 공모전에 참가할 줄은 몰랐는걸.'

주로 썼던 장르는 밴드 악기나, 전자음을 사용한 모던 팝.

때문에 유감스럽게도 우리나라에서 성공하진 못했지만, 재능을 알아본 도쿄 뮤직에서 모셔갔던 인재다.

이제 그럴 일은 없겠지만.

한국의 인재는 한국에 있어야 하지 않겠나.

'이 가사는 영서한테 줘야지.'

밝고 푸른 느낌의 가사가 미성(美聲)인 최영서와 잘 매치될 것 같았다.

이어 다른 가사를 보고 있는 현일에게 전화가 왔다.

"예."

—작곡가님. 저 유재욱 변호사입니다. 우헌태 대표에 대해서 조사 요청하신 거, 알아낸 게 있습니다.

* * *

"여기서 보네요."

"지검장님."

그러던 중, 현일은 SH에서 뒷정리를 하고 있던 최철용과 마주쳤다.

"속이 다 후련하네요. 딱 하나 아쉬운 점이 있긴 하지만."

"어떤?"

"우헌태 말입니다. 사형을 집행시켜 버려야 되는데. 그놈 입혀주고 먹여주고 재워줄 세금이 아깝습니다."

우리나라는 사형 선고를 하더라도 집행하진 않는 국가이니까.

"어쩔 수 없죠."

현일은 도와준 것에 대한 호의를 보여주기로 했다.

"그나저나 여담입니다만, 베타코인 얼마나 사셨어요?"

"예? 그건 왜요?"

"그냥요."

"음… 한 열 개 정도? 재미로 사봤어요."

"많이 사두세요. 혹시나 중간에 가격이 폭락해도 팔지 마시고, 2020년 까지만 갖고 계세요."

최철용의 눈썹이 찡긋거렸다.

"뭐, 혼자만 알고 계신 극비 정보라도 있으신가?"

"그렇다고 해두죠. 하하."

'미래엔 가상 화폐가 어떻고…….' 구구절절 설명하면 괜스레 사기꾼 냄새가 나는 법이다.

'내 말을 믿든 말든 본인의 선택이겠지.'

그렇게 현일은 최철용에게 작은 선물을 남겨두고 발걸음을 옮겼다.

건물의 규모가 무색하게도, 내부는 한적했다.

회사의 주인이 바뀌면서 잘려 나간 사람도 있고, 자진 퇴사한 사람도 있었다.

남아 있는 사람도 더러 있었지만, 지금 업무도 거의 정지된 상태에다가 검사들이 여기저기를 뒤지고 있는 판국에 출근한 사람은 거의 없었으니까.

아무튼 몇 층을 둘러봐도 접근 금지 테이프 같은 건 없었기에 현일은 근처의 검사 한 명을 붙잡고 물어보았다.

"언제 끝납니까?"

"아마 다음 주부터는 정상 업무 가능하실 겁니다."

하지만 그전에 리모델링부터 해야 될 것 같았다.

'일단 간판부터 바꾸고.'

*　　　*　　　*

[SH 엔터테인먼트, GCM에 인수!]

—미쳤네요;;; 들리는 소문으론 GCM이 영화 사업에도 손댄다는데, 우리나라에 대기업 하나 더 생기는 거?

ㄴ 설레발치지 마세요. 대기업 되려면 아직 훨씬 멀었음.

ㄴ GCM 주식이나 사놔라. 나중에 땅치고 후회하지 말고.

언론은 위와 같은 제목의 기사를 쏟아내었다.

동시에 회사가 커졌으니 그만큼 오디션도 자주 열지 않겠느냐는, 대중들에게 낙관적인 전망을 내놓았다.

그러나 정작 GCM 엔터의 임원들은 여전히 오디션에 관심이 없었다.

SH 엔터를 흡수하고 난 다음 뒷수습에 여념이 없다는 말이 더 맞겠지만 말이다.

"SH 16기 가수 박건영입니다."
"크흠… 메인 프로듀서 이영철입니다. 우리 구면이죠?"
"25기 연습생 채서린이라고 해요. 저… 트레이닝 받으러 가도 돼요……?"
"신인 보이그룹 '블루블랙'이에요. 다음 주에 데뷔하기로 했는데, 정상적으로 진행되는 거 맞죠……?"
"흐음."
과거 SH 엔터 소속이었으며, 이제 GCM 엔터 소속이 될 연예인과 연습생들.
GCM 엔터의 최고위 인사인 팀 3D와 현일이 면접을 보았다.
계속 가지고 있으면 좋을 사람과, 내칠 사람을 가리기 위해서.
대부분의 직원들은 오히려 이것을 기회로 여겼다.
틈날 때마다 GCM 엔터로의 이직을 고민했던 사람이 많았으니까.
받아주질 않아서 문제였지.
이후, 면접이 삼분의 일 정도 끝났을 쯤 팀 3D는 쭉 기지개를 켰다.
꼬박 하루가 걸렸으니.
"후… 드디어 끝났네."
"진짜 SH가 크긴 크다."
"소속 직원들도 많고."
"그보다 이 정도면 됐다. 나머지는 인사팀한테 넘기자."
"그럽시다."
문득 이지영이 현일에게 물었다.

"감회가 정말 새롭지 않아요? 그쵸?"

"두말하면 입 아프지."

그리 좋은 기억이 있었던 곳은 아니지만, 이제 자신의 것이라고 생각하니 어렴풋한 향수마저 느껴졌다.

"두 번 다시 여기로 돌아올 일은 없을 거라 생각했는데."

현일은 그녀의 말에 깊이 공감했다.

"참, 미래는 기적이 일어나도 알 수 없는 건가 싶다."

이지영은 현일의 기묘한 말투에 고개를 갸웃거렸다.

"무슨 기적이라도 경험해 보셨나 봐요?"

"아무것도 아냐."

*　　　*　　　*

일주일의 시간이 흐르고, GCM 엔터는 SH 엔터를 물 흐르듯 자연스럽게 흡수해 나갔다.

이제 이성호의 꿈은 거의 이뤄진 것이나 마찬가지였다.

사옥의 간판은 바뀌었지만 말이다.

GCM 뮤직은 수박을 삼키고, GCM 엔터는 SH 엔터를 꿀꺽 삼켜 버렸으니 과연 그 누가 GCM의 자리를 넘볼 수 있을까.

"이영철 프로듀서님."

"예?"

"SH가 키우고 있던 애들은 계속 프로듀서님이 맡아주시면 됩니다."

"최선을 다하겠습니다!"

"일단 현재 활동 중인 직원부터 모아주세요."
"예."
예전엔 신경전을 벌였던 사이인 이영철도 나름 자리를 잃지 않으려 노력하는 모습이었다.
현일의 지시에 따라 이영철은 곧바로 소속 엔터테이너들을 호출했다.
한눈에 봐도 전보다 많은 수가 줄어든 수.
현일은 긴장한 채 서 있는 그들을 보며 말했다.
"오늘부터 여러분들은 SH가 아니라 GCM 엔터 소속입니다. 또한, 실력도 실력이지만 무엇보다 같이 일하고 싶은 사람들이기에 지금 이 자리에 서 있는 것입니다. 과거 큰 스캔들을 터뜨렸거나 앞으로 그런 일을 발생할 여지가 있다고 판단한 가수 및 배우들은 모두 해고되었습니다."
좌중은 꿀꺽 침을 삼켰다.
"제 판단이 틀리지 않았을 거라 믿고 싶습니다. 그럴 일이 없도록 여러분들이 도와주세요."
"네!"
"그럼 해산."
"수고하세요, 대표님."
상체를 꾸벅 숙이는 그들.
적응하려면 조금 시간이 걸릴 것 같았다.
현일은 SH의 건물이었던 지사에서 간단하게 업무를 마치고 GCM으로 돌아갔다.
'이거 왔다 갔다 하는 것도 은근 일이네.'

차라리 한준석에게 지사를 맡기는 게 나을 것 같았다.

그래서 그렇게 하기로 했다.

—알겠습니다. 그럼 미국에 만들어질 지부는 제가 아는 사람을 보내겠습니다. 일처리는 확실한 녀석이니 믿고 맡기셔도 될 겁니다.

"네. 부탁드립니다."

—별말씀을.

현일은 본사에 도착하자마자 한지윤을 찾았다.

이제 맥시드의 스케줄이 거의 비워져 있기에, 시간이 남으니 연습실에 있을 것이다.

"안녕하세요."

"엇, 오랜만이네요?"

옹기종기 모여 수다를 떨고 있던 맥시드가 현일을 발견하자 인사해 왔다.

"얘들아. 오늘부터 맥시드는 두 달 동안 휴가다."

"옛?!"

"뭐라고요?!"

"진짜로요?!"

"음. 두 달 동안 실컷 하고 싶은 거 다 해. 부모님도 뵈러 가고, 여행도 가보고."

"오오오오오!!!"

"이거라도 가져가."

"네에에~!"

현일은 각자에게 용돈을 쥐어주고 방해꾼(?)들을 밖으로 내보냈다.
둘만 남자 한지윤이 수줍게 웃었다.
"오셨네요."
"그럼, 와야지. 네가 여기 있는데."
"헤헤."
"일단 나가자. 어디 갈까?"
"…어디든지."
"그럼 유럽으로 가자. 한 달 동안."
"좋아요."

*　　　　*　　　　*

한 달 후.
현일은 한 달 간 한지윤과 유럽 각지를 돌아다녔다.
돈도 실컷 써보고, 관광도 하면서.
서양이다 보니 둘을 알아보는 사람이 거의 없어서 편하게 여행을 즐길 수 있었다.
현일은 예전부터 궁금하던 것이 떠올라 물어보았다.
"지윤아. 넌 왜 내가 마음에 들었을까?"
한지윤의 볼이 발갛게 물들었다.
"자신이 사랑하는 사람을 위해서 사는 모습이 멋있었어요."
"영서?"
"그것도 그렇고… '저런 사람이라면 평생 함께해도 좋겠구나.' 싶어서……."

"그럼 평생 함께 있을게."

"네……."

현일은 그녀를 꼭 안아주었다.

다시 한국으로 돌아왔을 때, 작사가 공모전은 거의 끝나 있었다.

최종적으로 남은 것은 일곱 명.

'누가 탈락할진 아직 모르지만, 다음에도 꼭 지원해 줬으면 좋겠군.'

두 명을 걸러내야 하지만, 마냥 내쳐 버리기엔 아쉬울 정도로 일곱 명 모두 유능한 인재들이었다.

그 일곱 중 한 명인 진한별이 GCM 엔터로 들어섰다.

"우와……."

그의 눈이 동경으로 물들었다.

'여기가 한국 최고의 연예 기획사구나. 그리고 저 사람이 바로 그 최현일이구나.' 하고.

현일이 그에게 다가가 물었다.

"네가 진한별이야?"

아직 앳된 티가 물씬 남아 있는 귀여운 인상의 남학생이었다.

"네. 그 GCM 작곡가님이시죠?"

"날 잘 아는 눈친데?"

"우리 학교에서 모르는 애가 없어요."

"그래?"

"당연하죠. 음악 차트 1등부터 10등까지 노래의 작곡가가 죄다 작곡가님이신데. 노래방에서도 맨날 화면에 GCM이란 이름만 보여요."

"하하하, 고맙다. 아무튼, 공모전에 참가하게 된 계기는?"

"원래부터 글을 쓰는 걸 좋아했어요. 그러다 여기서 작사가 공모전을 한다기에 지원한 거예요."

현일은 그의 포트폴리오를 쭉 훑어보았다.

"한국고등학교 재학 중. 2011년 올바른 문화 캠페인 에세이 부문 낙선. 같은 해 학생 시인 공모전 낙선. 다음 해 교육청 주관 통일 글짓기 낙선."

"……."

당연히 진한별 본인이 자신의 포트폴리오에 쓸 리가 없는 경력(?)들이었다.

모두 GCM 엔터 측에서 따로 조사한 것들.

진한별의 표정이 시무룩해지거나 말거나 현일의 말은 계속되었다.

"MBC 드라마 시나리오 공모전 예선 탈락. 그리고 각종 영화, 연극, 희곡 등등등… 다 네가 지원한 거야?"

"네……."

"왜 노래 가사는 안 해봤어?"

"당연히 해봤어요. 근데… 잘 안 됐어요."

"음… 합격."

"…네?"

"원래 이쯤 했으면 포기하는 게 정상적인데, 그 의지를 높이 샀다. 내일부터 학교 마치면 회사로 와."

"헤……?! 저, 정말요?!"

"계약서라도 써줘?"

"네? 네! 작곡가… 아니, 사장님!"

"편할 대로 불러."

"네, 작곡가님! 감사합니다! 크흑……."

"왜 울고 그래?"

"그냥… 너무 고마워서요……."

"음. 우리 회사 초창기 시절부터 쭉 연습 생활을 하고 있는 애가 있어. 최영서라고."

"네."

"넌 영서의 전속 작사가가 될 거다. 혹시 이의나 요청 사항 같은 거 있으면 미리 말하고."

"없어요."

"필요한 게 있으면 뭐든지, 언제든지 얘기하고."

"네."

현일은 곧바로 영서를 소개시켜 주었다.

"앞으로 네가 가이드 해줘야 될 아이야. 최선을 다해서 임하는 거야. 둘 다. 알았지?"

"네!"

"응."

* * *

최영서의 데뷔.

현일과 영서 모두에게 뜻깊은 날이었다.

"누구?"

영서의 매니저가 음악 방송 프로듀서에게 서류를 내밀었다.

"최영서요, 신인입니다."

"흐음."

프로듀서는 생소한 이름에 퉁명스러운 표정을 지었다.

그러나 이내 영서의 소속사에 뭐라고 적혀 있는지 발견한 그의 안색이 순식간에 180도로 뒤바뀌었다.

"좋아. 출연 확정."

이제 GCM 엔터란 이름은 보증 수표와 마찬가지임을 모르는 사람은 없었다.

"감사합니다."

"하하. 감사하긴요? 오랜만에 나타난 신인을 제일 먼저 우리한테 보내준 GCM 엔터에 더 감사하죠. 거 작곡가님께 안부좀 전해주시고요."

"네."

사정이야 어쨌건, 출연 소식을 들은 영서는 뛸 듯이 기뻤다.

자신도 가수가 된다는 것.

그 기분은 이루 말할 수 없었다.

진한별이 써준 가사와 현일이 작곡해 준 멜로디만큼은 아니지만.

현일이 영서의 어깨에 손을 올렸다.

"잘 하고 와. 지켜볼 테니까."

"그런 말하면 부담 백배야."

"그거 잘됐군."

"쳇."

그러던 중, 현일에게 전화가 걸렸다.

'뭐야? 이 중요한 순간에.'

Chapter 5

Medal of Honor

이지영이었다.

현일은 살짝 가시 돋친 어투로 전화를 받았다.

"급한 일이야?"

—어… 급한 일은 아닌데, 중요한 일인 것 같아서요.

영서의 데뷔가 코앞인데, 중간에 맥을 끊을 만한 사유인지 어디 한번 들어보기로 했다.

"말해봐."

—회사 앞으로 문체부에서 우편이 왔어요.

"문체부? 그 문체부?"

—네. 문화체육관광부요.

"거기서 왜?"

—문화 훈장 후보로 선정되었으니 시상식 때 참석해 달라는

편지와 함께 초대장이 들어 있네요.

"…진짜야?"

—그럼요!

"무슨 훈장?"

—그건 시상식이 열려봐야 알겠죠?

"날짜는?"

—다음 달 첫째 주 수요일이에요. 그때 스케줄 비워놓을까요?

"그렇게 해줘. 알려줘서 고마워. 땡큐."

—별말씀을.

영서가 호기심 가득한 표정으로 물었다.

"뭐래?"

"음… 비밀."

"에이, 뭐야."

"별거 아니야. 자, 얼른 가자. 곧 시작하겠다."

오늘은 영서가 축하를 받아야 하는 날.

현일은 그런 날에 자신이 축하받기보단 영서에게 더 신경을 쓰고 싶었다.

'깜짝 놀라게도 해주고 말이지.'

문화 훈장.

국가가 예술가에게 주는 상중에서 최고의 명예와 권위를 지닌 훈장이 아닌가.

*　　　*　　　*

약 열 명의 인원이 테이블 주위로 앉아 있었다.

그중 백발이 희끗한 중년 남성이 서류 한 장을 훑어보고는 말했다.

"분명 대단한 업적이긴 하다만, 나이도 너무 어리고… 활동 장르도 좀 그렇지 않습니까 여러분?"

"그럼 역시 은관 문화 훈장이 낫겠죠?"

"크흠! 그것도 너무 큰 것 같습니다만."

"아니… 아카데미 시상식에서 최우수 음악상도 받았고, 빌보드 1위, 최단 기간 앨범 판매량 신기록도 세운 경력, 그리고 기타 등등은 우리나라 뮤지션 중에서는 전례가 없는데요?"

"그거야 그렇지만, 아무리 그래도 그렇지. 여태껏 문화 훈장을 받은 사람들 목록을 보세요. 사실 사후에서야 받은 사람도 많고, 다 나이가 있고……."

"그럼 젊은 사람은 받아선 안 된다는 법이라도 있습니까?"

"그게 아니라, 아직 앞날이 창창하니 일, 이 등급 훈장은 나중에라도 받을 기회가 있다는 말이죠."

"흐음……."

이렇듯 문체부 측에서는, 현일에게 어떤 등급의 훈장을 줘야 될지에 대해서 갑론을박을 펼쳤다.

상위 등급을 받을 만한 자격이 있다는 쪽과, 그렇지 않다는 쪽이 나뉘어 계속해서 논쟁을 벌였다.

시간이 지나고 좌중의 이마에 땀이 한줄기 흐를 쯤, 문체부는 결론에 도달했다.

"작곡가 최현일에게 주어질 훈장은……."

*　　*　　*

음악 방송 스튜디오.

“으… 떨려…….”

언젠가부터 염원해 왔던 소망.

가수가 되고 싶다!

무대 위를 자유롭게 누비는 주인공.

백혈병이라는 충격적인 병에 걸려 병상에 앓아누워 아무것도 할 수 없게 되었을 때, 음악만이 그를 치유해 주었다.

그래서 이토록 가수가 되고 싶었던 걸지도 모르겠다고, 영서는 생각했다.

그렇게 기대 반 긴장 반의 심정으로 무대로 나선 영서.

한데, 이게 웬 일인가?

“꺄아아아아!”

아직 아무것도 안 했는데도 함성을 지르는 관객들.

오랜만에 나타나는 GCM 엔터의 신인 가수라서 그런 것일까.

―우리는 우주의 끝에서 손을 잡았어~ 손을 잡았다구~

방송 이후, 최영서는 전국 각지 누나들의 여심을 사로잡았다.

굉장한 동안의 얼굴에, 매우 유니크한 소년 같은 목소리가 대중들에게 상당한 매력으로 다가온 것이다.

—우와ㅋㅋㅋ 우리 영서 너무 귀여웡~♡

—목소리 너무 애 같음 —— 추천 1/비추천 496

ㄴ 넌 개 같음 ㅇㅇ 추천 1161/비추천 1

ㄴ 비추천 1 ㅋㅋㅋㅋ 비추실명제냐?

—최현일 친동생이네… 엄청 밀어줄 듯.

ㄴ 역시 가수도 인맥인가? 에라이 X같은 세상.

ㄴ 일단 저 정도 실력 되고 나서 입 터시길 ㅎㅎ

—역시 GCM이네. 노래 너무 좋다.

—이런 건 GCM에서밖에 만들 수 없는 노래임.

인터넷을 보며 찝찝한 표정을 짓고 있는 영서에게 현일이 말했다.

"댓글 같은 거 보지 마. 괜히 마음만 아프니까."

"그런가?"

"나도 처음엔 욕 많이 먹었어. 원래 다 그런 과정을 겪는 거야. 세계적인 슈퍼스타라 할지라도."

"으음……."

"내가 볼 땐 우리 회사 가수 중에 최고로 잘했어."

"에이."

"진짠데. 매출이 증명해 줄 거라고."

"…그래?"

"그렇다니까. 맛있는 거나 먹으러 가자."

"응."

현일이 차에 탑승한 뒤 시동을 켜고는 입을 열었다.

"다음 달 첫째 주 수요일에 나랑 어디 좀 가자."

"어디?"

현일이 씨익 입꼬리를 올렸다.

"좋은 곳."

* * *

다음 날, GCM 엔터테인먼트.

"헤에……?!"

진한별의 입이 떡하니 벌어졌다.

"와… 이, 이게 진짜 제가 받을 돈이라고요?"

"그럼."

진짜지 가짜겠나.

'믿을 수가 없어.'

이 어린 나이에 이렇게나 큰돈을 벌게 될 줄은 꿈에도 몰랐다.

돼지 꿈 하나 꿔본 적도 없는데 말이다.

"너무 막 쓰지는 마. 세금 낼 돈도 안 남으면 체납자 된다?"

"하, 하하하… 당연히 그래야죠. 다 저축할 거예요."

"저축도 좋지만 여행도 다니고, 하고 싶은 거 다해봐. 돈은 쓸 줄도 알아야 하는 법이니까."

평생 돈만 벌다 써보지도 못하고 죽으면 그것만큼 비참한 일도 없을 것이다.

"네, 새겨들을게요."

짧게 미소 지으며 고개를 끄덕이는 진한별.

'귀여운 녀석.'

아무리 봐도 영서와 닮은 구석이 많아서 자꾸 정이 간다.

"웬만하면 네 입사 동기들한테 말하지는 마. 어쩌면 불화가 생길지도 모르니까. 학교 친구들한테도 마찬가지고."

"네? 어째서요?"

"네가 다섯 명 중에서 제일 어리니까."

"……?"

"젊은 나이에 성공하면 시기하고 질투하는 사람이 생기게 마련이거든. 어쩔 수 없는 거야. 우리 직원들을 비난하려는 게 아니라, 사람이니까 어쩔 수 없는 거야."

"…그런가요."

현일은 의기소침해진 진한별의 어깨를 팡팡 두드려 주었다.

"자, 이제 교육받을 시간이다. 가서 많이 배우고 와."

"넵."

어쨌든 저쨌든 진한별은 GCM 엔터의 직원이었다.

그러니 회사와 자신을 위해 많이 배워야 하지 않겠나.

강의하러 오는 작사가를 모셔오는 것도 적지 않은 고생을 했는데 말이다.

그로부터 며칠 후, 진한별의 부모가 찾아와서 연신 고개를 숙이며 감사의 뜻을 표했다.

"아이고, 작곡가님! 우리 못난 아들 출세하게 해주셔서 감사합니다!"

"이 은혜를 어떻게 갚아야 할지……."

"은혜랄 것까지야… 서로한테 이득이 되니까 고용했을 뿐입니다."

"그래도 다 작곡가님의 복 덕분이 아니겠습니까? 정말로 감사드립니다."

"정 그러시다면."

"뭐든지 말씀만 하십쇼!"

현일은 뒷목을 긁적였다.

"한별이가 다른 회사에 한눈팔지 않게만 잘해주십쇼."

그러자 진한별의 부모는 황송해하며 재차 고개를 숙였다.

"아이고! 여부가 있겠습니까?! 이직의 '이'라도 꺼냈다간 제가 다리몽댕이를 분질러 놓겠습니다!"

"하하하."

기껏 키워놓은 인재를 엄한 놈에게 빼앗기는 건 뼈아픈 실책이다.

* * *

"칠십만 장이라. 준수하네."

한 달 동안 팔린 영서의 음반 판매 실적이었다.

다른 기획사가 들었으면 놀래 자빠졌을 일을 아무렇지도 않게 읊조리는 현일.

그러나 이제 와서는 이 정도 단위는 큰 감흥이 없었다.

GCM 엔터의 가수들은 모두 이 정도는 하니까.

그래도 영서가 기뻐할 모습을 생각하면 기분은 좋았다.

차라리 아예 처음부터 미국에서 데뷔를 시키는 것도 생각해 봤지만, 한국에서 사는 게 좋다는 영서의 말에, 원하는 대로 하게 해준 것이다.

아무튼 현일은 몇 가지 일을 보다가 회사를 나섰다.

대한민국이 자신을 위해 준비한 상을 받기 위하여.

'훈장… 과연 무슨 색일까?'

혹시 금색은 아닐까.

상상만 해도 입꼬리가 실실 올라갔다.

그도 그럴 것이, 국가가 예술가에게 주는 최고의 선물 아닌가.

그러나 현일은 고개를 저었다.

'그럴 리가 없지.'

여태까지 금관문화훈장을 받은 34명중에 21명이 사후(死後)에나 받을 수 있었으니까.

생전에 받더라도, 모두 나이 지긋하신 분들이었고.

또한, 시상식에 모여든 사람들도 대부분 그러했다.

"안녕하십니까."

현일은 시상식이 열리는 장소에 도착하고 나서는 가는 길마다 악수를 받았다.

한국음악저작권협회장, 한국음악협회장, 한국가수협회장…….

무슨무슨 협회의 인사부터, 원로 가수, 문체부 소속의 정계 인사들까지.

타이틀부터가 GCM 엔터의 대표라 할지라도 쉬이 대할 수 있는 인물들이 아니었다.

"음? 자네가 여긴 웬일인가?"

그러던 중, 낯이 익은 중년의 사내가 현일에게 알은체하며 다가왔다.

눈빛만으로도 자신에 대한 자부심이 남달라 보이는 그 인물.

"아! 여기서 뵙는군요. 오랜만입니다. 임 화백님."

임준후 화백이었다.

"헉! 특종이다!"

"말도 안 돼……!"

"그 임준후가?!"

임준후가 누군가.

'기적을 그려라!'에서 디자인한 서양화가 북미와 유럽에서 대호평을 받았으며, 그 뒤로도 꾸준히 전 세계의 박물관과 대부호들이 눈에 불을 켜고 그의 작품을 차지하기 위해 혈안이 되어 있는 바로 그 화백이 아닌가.

특히나 그의 성격을 잘 아는 사람들은 어안이 벙벙해졌다.

기자들은 '그 임준후'가 먼저 손을 내미는 것에 경악하며 연신 둘에게 렌즈를 들이대고는 셔터를 눌러댔다.

더군다나…….

"그래, 반갑구만. 요새 일은 잘되가나?"

"덕분에요. 임 화백께서는 여기 어쩐 일이십니까?"

"나야 뭐, 훈장 받으러 왔지. 당연한 것 아니겠나? 웬 공무원들이 찾아와서는 하도 귀찮게 구니 붓을 손에 쥘 수가 있어야지. 에잉."

"하하하……."

현일은 바로 직감할 수 있었다.

'금관을 받겠구나.'

그게 아니면 임준후는 자존심상 오지 않았을 것이다.

금관 후보에서 밀려난 것이 아쉽기는 하지만, 임준후라면 납득할 수는 있었다.

물론 금관이라고 해서 꼭 같은 해에 한 명에게만 주는 것은 아니긴 하지만.

"다음에 같이 술이나 한잔하지. 닭똥집에 소주 한잔 걸치자구."

"연락만 해주십쇼."

"그러지."

임준후가 발걸음을 옮겼다.

다음으로는 여기저기서 연예 매니지먼트의 임원들과, 누구나 알법한 가수들이 자신을 밝히며 현일에게 다가왔다.

"소식 들었습니다. SH를 인수하셨다면서요? 축하드립니다."

"아, 예."

큰 회사를 인수했다는 사실을 축하를 하는 것인지, 아니면 대상이 'SH'라는 것에 축하하는 것인지 애매한 말투.

SH 횡포의 피해자 중 한 명인 걸까.

그가 조심스레 말했다.

"크흠. 다름이 아니라, 유명 작곡가분들의 노래를 저희도 받을 수 없을까 해서 말입니다……."

"누구요?"

현일이 묻자, 그가 A급 작곡가들 몇몇의 예명을 읊었다.

"가서 의뢰하시면 되죠."

"그게… SH가 그분들의 노래에서 우선권을 가지고 있었거든요."

"아~!"

확실히.

쌓아놓은 자본이 많았던 SH 엔터였으니, 거액의 선수금에 혹한 A급 작곡가들도 드물지만은 않았을 터.

그런 권리가 있다면 현일도 SH가 자신에게 끝끝내 작곡을 맡기지 않은 게 납득이 갔다.

히트를 보장해 주는 작곡가가 있는데, 굳이 모험을 할 이유가 없을 테니까.

그래도 용서는 안 되지만.

'그런 게 있었구만? 나중에 법무팀에 연락해 봐야겠네.'

그리고 지금은, GCM이 그 권리를 가지고 있는 것이고 말이다.

"나중에 연락하세요."

그러자 여러 매니지먼트 인사들의 귀가 쫑긋 세워졌다.

귀는 여러 개였으나, 그들은 하나의 공통된 의미로 받아들였다.

'알아서 줄서라.'

거기까지 생각이 미친 매니지먼트 인사들의 생각은 공통적으로 귀결되었다.

'시상식이 끝나고 나면 저자에게 제일 먼저 접촉해야 한다.'

'안 되면 될 때까지 GCM 엔터의 문을 두드려서라도!'

'사장님께 최우선 순위로 보고해야겠어.'

그때부터, 서로 웃으며 떠들던 매니지먼트 직원들의 얼굴에 서로에 대한 경계심이 드리웠다.

'누구보다 우선권을 많이 따내야 한다.'

물론, 다른 생각을 하는 이도 있었다.

'그래, 우선권 따윈 니들이나 실컷 가져가라. 난 저 작곡가한테 직접 곡을 받을 테니.'

그러나 모두 암묵적으로나마 일치하는 의견이 없는 것은 아니었다.

앞으로 한국 음악계는 현일의 행보에 달렸다는 것.

'은관이라도 받으면 좋겠네.'

정작 당사자는 별생각도 없는 듯했지만.

"형! 여기!"

GCM 엔터 법인명의 벤츠 S클래스의 뒷좌석에 타고(다른 직원은 제네시스다.) 도착한 영서가 손을 흔들었다.

보통 대외적인 시선 때문에 돈이 있어도 못 타는 차지만(심지어 신인 아닌가) GCM 엔터에게 헛기침을 할 자가 누가 있으리.

"왔구나!"

"혹시 여기가 형이 말했던 좋은 곳이야?"

"응. 뭐하는 덴지 알아?"

"무슨 상 받는 거 같은데. 형이 받는 거구나?"

"아마도?"

"축하해, 형."

"일단 받고 나서 축하해 줘도 늦지 않아. 결과가 나오기 전까진 모르는 거니까."

매니저에게 문화훈장에 대한 간단한 설명을 들은 영서의 입이 작게 벌어졌다.

'대단한 상이구나…….'

영서는 당연히 현일이 그런 상을 받아 마땅한 사람이라 믿어 의심치 않았다.

'형한테 안 주면 누굴 줘?'

* * *

화관, 옥관, 보관, 은관, 금관.

뒤로 갈수록 고등급의 훈장인 것은 당연지사.

"그럼, 시상식을 시작하겠습니다."

그러나 아쉽게도, 올해의 화관과 옥관문화훈장의 수상자는 존재하지 않았기에 바로 보관부터 시작했다.

'과연…….'

현일도 누가 훈장을 받는지에 대해선 알 턱이 없었다.

전생 때의 자신이 훈장과 연이 닿을 거라곤 생각도 못했으니까.

그도 그럴 것이, 예술가로서 국가 발전에 공헌했다고 인정받은 자에게만 주어지는 상이 아닌가.

속된 말로 '딴따라'의 노래나 편집하던 자신이 예술? 하물며 국가 발전에 공헌?

누가 생각해도 좀 아니다.

하나, 거기서 여기까지 왔다.

미군의 명예 훈장처럼 대단한 특권 같은 건 없다.

그러나, 지금 현일의 기분을 그 누가 알 수 있을까.

진행자가 외쳤다.

"작곡가 최현일입니다!"

멘트와 동시에 쏟아지는 박수갈채.

'요즘 따라 상을 많이 받는 것 같은데?'

모두가 자신을 우러러보는 것 같은 기분.

그 기분은, 썩 괜찮았다.

절로 어깨가 으쓱거릴 정도로.

현일은 자신만만한 걸음걸이로 무대 위에 올랐다.

그러나 좌중은 '어째서?'란 반응이 대부분이었다.

한국 음악 차트 TOP 10 모두 석권.

오리콘 차트 석권.

한국 최초 빌보드 메이저 차트 석권.

최단기간 앨범 판매량 세계 신기록 달성.

그에 대한 대가가 보관문화훈장밖에 안 되나?

관객들의 뇌리엔 그런 의문이 스쳤다.

하지만 현일의 긍정적인 반응에 그 의문은 그리 오래가진 않았다.

"제가 여기로 오기까지 참 많은 일이 있었습니다. 처음엔 컴퓨터와 신시사이저 하나 있는 단칸방에서 하연이 데리고 음악을 만들었죠."

관중들이 자그맣게 미소를 띠었다.

현일은 1분간 멘트를 이었다.

"…누구에게나 힘든 시절은 있는 법입니다. 뮤지션의 꿈을 놓지 마세요. 그리고 GCM 엔터로 오세요."

다시 박수와 함께 현일이 내려왔다.

다음 차례로 은관의 시상식이 끝나고, 드디어 대망의 금관문화훈장이다.

"임준후 화백입니다! 축하드립니다."

현일은 고개를 끄덕였다.

'과연 뭐라고 할까?'

그의 명성처럼 웅장한 멘트일까?

그 의문은 곧 풀렸다.

"뭐… 받으니까 기분은 좋네요. 역시 인생은 오래 살고 볼 일입니다. 이 일을 계기로, 한국의 미술계가 더욱더 발전했으면 하는 바람입니다. 이상입니다."

짝짝짝!

좌중의 박수갈채를 받으며 임준후가 무대에서 내려왔다.

목에 금빛 메달을 건채로.

예상대로, 금관문화훈장은 역시나 임준후가 수상했다.

그럴 만한 자격이 있다는 것에 이의를 가지는 사람은 이 자리에서 그 누구도 없었으니까.

객석으로 돌아가는 그의 어깨에 잔뜩 힘이 들어간 것이 눈에 선했다.

'그 임준후'도 기분이 좋은 것은 어쩔 수 없는 모양이었다.

진행자가 발표를 계속했다.

*　　　*　　　*

다음 날.

[어째서 그에게 보관문화훈장을 주어야만 했나?]

[대체 '국가 발전에 기여'의 기준은 무엇인가?]

[젊은 사람은 금관문화훈장을 받을 자격 없나…]

시상식 현장에 있던 사람들은 현일이 받은 훈장의 색깔에 대해서 대체로 납득하지 못했다.

그리고 대중과 언론 또한 마찬가지였다.

아니, 더욱더.

그들의 반응은 '고작?'

주로 속사정을 알고 있는 사람들이었다.

"에이, 상이 너무 짜다."

"최소한 은관 정도는 줘야 되는 거 아냐? 우리나라에서 전무후무한 경력인데."

"그러니까."

인터넷 기사 댓글과 각종 SNS에도 이해할 수 없다는 반응이 주를 이루었다.

이렇듯 여론이 거세어지자 문체부에서도 공식적인 입장을 밝혔다.

"단지 나이가 문제인 것이 아니라, 우리도 나름의 기준에 따른 것입니다. 그저 상업적인 성공을 이유만으로 훈장의 등급을 정할 수는 없습니다."

오히려 역효과뿐이었지만.

인터뷰를 하러 가는 길, 영서가 현일에게 불만스러운 표정으로 물었다.

"형은 아무렇지도 않아?"

"뭐가?"

"누가 봐도 금관은 형이 받아야 했어."

"임 화백은 충분히 받을 만한 사람이야."

"한 명에게만 주는 것도 아니잖아?"

현일이 피식 웃으며 말했다.

"고작 그런 거 가지고."

"고작이라니? 그게 어떤 건데!"

현일은 다시 한번 웃음이 나왔다.

이렇게 반응해 주는 영서가 고맙기도 했다.

"훈장 같은 거 처음부터 받을 거라고 생각한 적도 없어."

"……."

영서가 고개를 숙였다.

현일은 영서에게 언제나 대단하다고 생각되었던 형이었다.

물론 여러모로 고맙고, 대단한 형이지만 그런 사람의 포부가 이 정도밖에 안 되었나, 조금은 실망스러웠다.

하지만 영서가 지금까지 현일이 겪은 일들을 알았더라면, 절대 그렇게 말할 수 없을 것이다.

지금의 현일에겐 한지윤이라는 연인이 있고, 이성호와의 악연에도 마침표를 찍었다.

GCM 엔터테인먼트를 최고의 자리에 올려놓았다.

최고의 작곡가가 되었다.

무엇보다, 영서가 살아 있다.

형이 받은 상의 색깔에 대해 자신이 분노할 만큼 아주 건강하게.

'기특한 녀석.'

이렇게 멀쩡하다는 사실이 고맙다.

한데 뭐가 더 필요할까.

금?

그런 건 금관이 아니라 순금이라도 언제든지 원하는 만큼 은행에 쌓아둘 수 있다.

현일이 말을 이었다.

"오히려 난 화관을 받았으면 좋겠다고 생각했는데?"

"어째서?"

"훈장을 두 개나 받은 사람은 여태까지 없었잖아? 난 화관부터 금관까지 전부 갖고 싶었거든. 그런 전무후무한 기록을 세우고 싶었어."

"아……."

"아쉽네. 그래도 다음엔 은관, 그다음에 금관이라도 노려야지."

영서는 생각했다.

형은 자신이 헤아릴 수 없을 만큼 훨씬 더 대단한 사람이었다고.

*　　*　　*

훈장의 색깔에 별로 신경 쓰지 않는다는 현일의 발언에 대중들로 하여금 긍정적인 이미지가 생겼다.

—와… 완전 대인배네.

—그릇의 크기처럼 아량도 넓네요.

—역시 한국의 자랑!

ㄴ 두 유 노우 최현일?

—다음 금관문화훈장은 무조건 최현일 줘야지. 안 해주면 우리나라가 갮

—전 꼭 변호사가 돼서 GCM 엔터 법무팀에 들어갈 겁니다.

ㄴ 일단 사법고시부터 합격하고 말하자.

'모두 내 편이구나.'

미국에 있을 때만 해도 피부로 와닿지 않았다.

하지만 여기서는 절실하게 느낄 수 있었다.

대중들이 자신의 음악을 얼마나 좋아하고, 자신을 동경하는지를.

그리고 얼마나 GCM 엔터의 일원이 되고 싶어 하는지를 말이다.

"가, 감사합니다!"

이번 GCM 엔터 사무직 신입 사원 공채에 합격한 정준용은 방금 받은 등기우편을 허겁지겁 뜯고는 우편을 끌어안으며 혼자서 감사를 표했다.

GCM 엔터의 법인 명의로 발송된 우편엔, 무언가 줄줄이 적혀 있었지만, 그의 눈엔 '축하드립니다. 합격입니다.'만 보였다.

'이제 지긋지긋한 빚도 안녕이다!'

일단 타 기획사에 비해 급여가 세다.

연봉은 좀 줄어들지언정, 학자금 대출을 대신 갚아준다.

비싼 서울의 집값도 걱정할 필요가 없었다.

기숙사가 있으니까.

정준용은 이 기쁜 소식을 어서 가족에게 알렸다.

전국의 50명이 그와 같은 기분을 공유했다.

* * *

"요즘 어떻습니까?"

언제나 근엄한 분위기를 풍기는 김세훈.

그가 대답했다.

"제법 합니다. 영혼이 살아나고 있죠."

"그럼 삼대 콩쿠르도……?"

"그건 아니고."

현일은 쩝 입맛을 다셨다.

"한번 들어봐도 괜찮겠습니까?"

"그러십쇼."

은가은의 실력이 얼마나 성장했는지 보고 싶었다.

문을 열자 현일을 발견한 은가은이 자리에서 일어났다.

"앉거라."

인사하려는 그녀를 제지한 김세훈은, 어서 시작해 보라는 손짓을 했다.

"네."

그녀가 건반을 눌렀을 때, 현일의 전화기가 울렸다.

"그냥 여기서 받으세요."

"괜찮겠습니까?"

"그럴 겁니다."

"그럼 잠깐 실례."

그 와중에도, 그녀의 연주는 이어졌다.

—미국 지사의 설립이 다 끝났습니다. 리모델링도 했고, 사무실 배치도 다 끝났습니다. 상당히 그럴듯하네요.

GCM 엔터 미국 지사장에게서 온 연락이었다.

한준석이 추천해 준 바로 그 사람이었다.

왠인지 익숙하다 싶었는데, 전생에서 한준석이 운영하던 사업체의 부사장을 역임했던 이었다.

그렇기에 흔쾌히 믿고 맡길 수 있었다.

"제인은 어떤가요?"

—오늘부터 출근하기로 했습니다. 얼굴이 아주 밝더군요.

"그렇습니까?"

—네. 아, 참. 희소식과 안 좋은 소식이 있는데 뭐부터 들으시겠습니까?

"나쁜 소식?"

그저 되물어본 것인데, 그는 마치 준비했다는 듯이 대답했다.

—아직 직원이 별로 없어서 업무에 지장이 많습니다. 지원자는 좀 있는데, 하나같이 영…….

"음……."

—조사해 보니 이렇다 할 뮤지션이 이쪽에 없다는 것이, 고급 인력이 이곳에 지원하길 꺼려하는 가장 큰 이유였습니다.

'리얼리티 드래곤즈를 데려올 수도 없고.'

미국에서도 신인을 키웠어야 하나?

라는 생각이 머릿속에 맴돌았지만, 이내 고개를 저었다.

일단 얘기부터 들어봐야 하지 않겠나.

"좋은 소식은요?"

—'MMF'를 믿고 투자하겠다는 금융사들이 많이 있습니다. 그쪽의 지원을 받아서 고급 인력에게 고액의 연봉을 제시하면서, 한편으론 오디션을 열어 아티스트를 키우면 될 것 같습니다.

당장 돈이야 여기에도 많다.

단지 아무리 해외 투자라 할지라도 단기간에 큰돈을 외국으로 보내는 것을 은행과 국가가 가만히 놔둘 리가 없다는 게 문제일 뿐.

국부의 유출이니까.

이러한 사실을 제치고서라도 외국에서 사업을 할 땐 외국 기업들과의 친분을 다져놓는 것도 썩 괜찮을 것이다.

"그럼 그렇게 하는 쪽으로 한준석 대표님과 상의해 보세요."

마침 타이밍도 나쁘지 않으니.

현일은 흘깃 은가은을 쳐다보았다.

"저도 곧 다시 미국으로 가겠습니다. 가은이 데리고."

Chapter 6
전율의 악보

인천국제공항.

현일은 되도록 빠르게 미국으로 가는 것을 선택했다.

피아노의 불모지와 다름없는 한국에선 이러니저러니 해봐야 결국 우물 안일 뿐이라는 것을 잘 알고 있으니까.

은가은이 물었다.

“과연 제가 잘할 수 있을까요?”

“네 강사님도 따라오시잖아.”

“그거야 그렇지만… 고작 지역 대회에서 상 받은 게 끝인데…….”

아무것도 내세울 것 없이 낯선 이국에 가는 것이 걱정되는 것 같았다.

“우리나라 전국의 내로라하는 천재들이 모여 있는 곳에서 우승했으면 충분하지. 얼른 가자."

"네."

그렇게 셋은 길게 줄이 늘어져 있는 이코노미 클래스를 지나쳐, 휑한 퍼스트 클래스 전용 창구로 발걸음을 옮겼다.

항공기까지 에스코트를 받으며 걸어가는 도중, 김세훈이 눈치를 보며 발걸음을 늦췄다.

은가은과 거리가 충분히 벌어졌을 때, 현일에게 조용히 입을 열었다.

"저 아이가 천재는 아니지만, 하나를 가르치면 반드시 깨우치더군요."

현일이 눈에 이채를 띠었다.

김세훈이 이런 칭찬을 늘어놓을 거라곤 생각도 못했으니까.

현일은 며칠 전에 했던 질문을 반복했다.

"그럼 삼대 콩쿠르도……?"

"가능성이 있습니다."

"그땐 왜 그렇게 말씀하셨습니까?"

"너무 비행기 태워주지는 맙시다. 실력자에겐 겸손이 미덕인 법."

조금 전 천재들이 어쩌고 했을 때 은가은의 어깨가 조금 으쓱한 것을 놓치지 않은 모양이었다.

현일은 고개를 끄덕였다.

김세훈이 딱히 겸손을 차리는 인물은 아니지만, 그에게 그걸 가지고 뭐라 할 사람은 없다.

실력에도 급이 있는 법이니까.

"어제는 특훈을 시켰습니다."

그는 그 말을 끝으로, 성큼 걸어갔다.

*　　　*　　　*

미국에 도착한 현일 일행은 우선적으로 미국에 설립된 지사를 찾아갔다.

"와!"

입구에 들어서자마자 은가은이 탄성을 자아냈다.

월가의 어느 빌딩 못지않게 깔끔하고 세련된 인테리어가 가장 먼저 눈에 들어왔다.

현일은 입꼬리를 살짝 올리며 프론트 데스크로 성큼 걸어갔다.

현지 여직원이 손님을 반겼다.

"안녕하십니까. GCM 엔터테인먼트 뉴욕 지부입니다. 무슨 일로 찾아오셨나요?"

"둘러보고 싶어서요."

"아, 그러시군요. 혹시 에스코트가 필요하십니까? 아니면 손님이 스스로 둘러보시겠습니까?"

"에스코트 부탁합니다."

"네, 알겠습니다."

프론트 직원이 잠시 어딘가로 전화를 걸자 뒤에 있는 문에서 누군가가 걸어 나왔다.

"따라오시겠습니까?"

"네."

은가은이 어리둥절한 얼굴로 물었다.

"여기 대표시잖아요?"

"응."

"근데 왜 손님인 척한 거예요?"

"그냥."

아마 처음에 본사의 대표 직원증을 제시했다면 깜짝 놀랐을 것이다.

하지만 일부러 그런 짓은 하지 않았다.

갑작스러운 손님에 대한 직원의 태도가 보고 싶었으니까.

'만족스럽군.'

슬쩍 김세훈을 보니, 그는 이러나저러나 별로 신경 쓰지 않는 것 같은 모습이었다.

'내 회사니까 내가 알아서 하란 거겠지.'

직원이 연신 어딘가를 가리키며 무어라 열심히 설명을 해주었다.

중간 중간 사내 직원들이 넷을 쳐다보긴 했지만 이내 시선을 돌렸다.

이따금 긴가민가한 모양새로 어리둥절해하는 사람도 몇 있었으나, 그뿐이었다.

엘리베이터 안에서 현일이 물었다.

"그런데, 여기는 원래 외부인에게 사옥을 개방합니까?"

"그건 아닙니다. 사적으로 방문하신 분은 손님이 처음이라 지부장님께서 특별히 허락해 주셨습니다."

또한, 아직 지부가 완벽히 돌아가고 있지 않으니 여유가 되는 것이다.

물론 그것까지야 하급 직원에게 구태여 알려줄 필요는 없지만.

“지부장의 사무실은 어딥니까?”

“그곳은 전용 엘리베이터로만 갈 수 있습니다.”

“그럼 거기로 안내해 주세요.”

“…네……?”

“지부장실에 가보고 싶다고요.”

“…죄송하지만 손님. 거기는 지부장님과 지부장님께서 허락하신 분만 출입이 가능한 곳입니다.”

현일이 어깨를 으쓱해 보였다.

“그럼 어쩔 수 없고요.”

“여기서 뭐 하냐고? 그냥 인터넷 좀 보다가, 졸리면 잠도 좀 자다가, 시간 되면 퇴근한다.”

어디선가 신경을 건드리는 소리에, 현일은 그쪽으로 시선을 돌렸다.

어떤 남성이 테이블에 발을 올려놓고 누군가와 통화를 하고 있었다.

“그렇다니까? 어차피 할 일도 없고… 그냥 대충 돈이나 받아먹으면서 시간이나 때우는 거지 뭐.”

일순간 그와 현일의 시선이 마주쳤지만, 그는 눈동자를 아래위로 한 번 굴리고는 이윽고 관심도 없다는 듯 고개를 돌렸다.

“아, 그러고 보니 최근에 여기서 뽑은 팝 가수 지망생이 하나 있거든? 와… 몸매가 아주 그냥……!"

그러나 이내 다시 현일에게 시선을 향했다.

"저… 손님?"

현일이 그를 향해 다가가고 있었으니까.

"이보쇼. 거기 태평한 양반."

"……?"

"여기서 하는 일이 뭐라고요?"

그는 여전히 발을 올려놓은 채 이건 뭐냐는 표정으로 현일에게 되물었다.

"누구세요?"

"그건 당신이 알 바 아니고, 여기서 하는 일이 뭐냐고요."

"아, 잠시만. 어떤 동양인이 갑자기 내 업무 태도에 불만이 아주 많으신 것 같아. 하하하하! 어, 그래. 좀 이따 다시 연락할게."

그가 콧방귀를 뀌고는 퉁명스럽게 말했다.

"여기 앉아 있는 게 내 일인데, 뭐 불만이라도 있으신지?"

"있다면?"

"지부장님께 얘기하시든가."

그는 수화기를 들며 중얼거렸다.

"뭐, 만나주지도 않겠지만."

"이거면 될 거 같은데?"

"뭐 대단한 거라도 갖고 있나 보… 어……?"

그는 순간 자신의 눈을 의심했다.

"어… 영어가 유창하시네요. 대표… 님."

그 말에 옆에서 안절부절 못 하던 에스코트 직원의 눈이 동그래졌다.

몇 번 현일의 얼굴을 흘깃거리더니 그때서야 '아!'하며 탄성을 터뜨렸다.

현일이 차분히 입을 열었다.

"꺼져."

"…예?"

"좀 더 알아듣기 쉽게 말해줄까? 당신은 해고야."

"저… 대표님 한 번만 더 기회를 주신다면……."

현일이 일갈했다.

"You're fireeeeed!!!"

"히익!"

그는 얼굴을 새파랗게 물들이며 재빨리 짐을 싸들고 사무실을 빠져나갔다.

"시, 실례했습니다."

문득 옆을 보니 에스코트 하던 직원이 고개를 숙이고 있었다.

"몰라 뵈어서 죄송합니다. 대표님."

현일은 사무실의 인원들이 하나둘 자리에서 일어나던 것을 손짓으로 제지하고는 물었다.

"괜찮습니다. 그쪽 잘못이 아닌데. 이름이 뭔가요?"

목에 걸려 있는 사원증을 봐도 되겠지만, 일부러 물어보았다.

그쪽이 더 친근감이 느껴지니까.

"샐리. 샐리 워싱턴입니다. 대표님."

"그 호칭은 너무 딱딱하니까 그냥 작곡가라고 불러줘요. 샐리."

"네, 작곡가님."

"이제 볼 건 다 본 것 같으니 지부장실로 갑시다."

"이쪽으로 오시면 됩니다."

* * *

"그럼 이야기 나누시길."

샐리 워싱턴이 손수 문을 열어주고 1층으로 돌아갔다.

'꽤 괜찮은 사람도 있는 걸.'

무언가 보상을 해주어야겠다고 생각하며 안으로 들어섰다.

그러자 말끔하게 고급 정장을 차려입은 사내가 자리에서 일어나며 말했다.

"아이구. 왔다고 연락해 주셨으면 직접 모시러 갔을 텐데요."

지부장실로 들어서자

"괜찮습니다. 조금 재밌는 일도 있었으니."

"그런 건 혼자서만 재밌지 마시고 저한테도 들려주시죠."

현일은 자초지종을 늘어놓았다.

"그런 일이… 앞으론 면접을 좀 더 강화해야겠습니다."

"급했으니 어쩔 수 없죠, 뭐."

둘은 곧 본론으로 들어갔다.

"이 아이가 은가은입니다. 뉴욕 지사의 정식 아티스트로 등록해 주시고, 가은이의 공연을 기획해 주시면 됩니다."

"한 본부장님께 들었던 그 아이군요."

그는 은가은의 왼편으로 고개를 돌렸다.

"그럼 그쪽은……?"
"김세훈이오."
"아! 그!"
묵묵히 고개만 한 번 끄덕이는 김세훈.
"이런, 소개가 늦었습니다."
김세훈이 뉴욕 지부장의 악수를 받았다.
"GCM 엔터의 뉴욕 지부장인 임재일이라고 합니다."
"음."
이후로는 몇 차례의 이야기가 오갔다.
결국 은가은을 이곳에서 최대한 밀어주는 쪽으로 방향을 잡은 뒤, 이야기를 마쳤다.
"현지 아티스트는 영입이 잘되고 있습니까?"
"물심양면으로 끌어모으고 있죠… 그래도 아직은 힘들지만."
"흐음……."
둘은 동시에 침음을 흘렸다.
이 자리에서 임재일을 무능하다고 나무랄 생각은 없었다.
실제로 그가 유능하다는 것도 알고, GCM 엔터는 미국의 유명 레이블에 비하면 브랜드 파워가 턱없이 약하다는 것도 알기에.
"투자금은 얼마 정도 받기로 하셨나요?"
"한……."
임재일이 테이블 위 종이에 숫자를 그려 나갔다.
"이 정도?"
"그거면 될 것 같네요."

"무슨 좋은 생각이라도 있으십니까?"

"좋은 생각이라……. 어쩌면 미친 생각일지도 모르겠네요."

"…예?"

현일은 자신의 생각을 얘기해 주었다.

그러자 대번에 동그랗게 떠지는 임재일의 눈.

"…그거 예전에 캡티비전이 했던 짓 아닙니까?"

"잘 알고 계시네요."

"과연… 한 번 먹혔으니 두 번 먹히지 말란 법도 없죠. 저는 찬성입니다."

"그럼 결정이군요. 자세한 사항은 한 본부장님과 상의하시길."

"네."

자리에서 일어나 발걸음을 옮기려던 현일은 별안간 멈춰 섰다.

"아, 참. 여기에 샐리 워싱턴이라는 직원이 있던데요."

"예, 아마… 저저번 주에 입사했을 겁니다. 제법 사근사근한 면이 있어서 뽑았죠."

"한 직급 승진시켜 주세요."

"그러죠. 첫 승진 심사 때 따로 빼두라고 지시하겠습니다."

"아뇨."

"그럼……?"

"바로 지금."

*　　　*　　　*

"잘 쉬다 와. 무슨 일 있으면 연락하고. 피아노도 갖다 놨으니까 심심하진 않을 거야."

"네, 감사합니다."

"강사님도 푹 쉬십쇼."

"다음에 봅시다."

"혹시 통역가가 필요하시면……."

"내가 외국에서 생활한 게 햇수로만 삼십 년입니다."

"그렇군요."

현일은 김세훈과 은가은을 호텔로 보내고, 개인 사무실에서 그동안 은가은을 위해 만들어놓은 곡들을 검토해 보았다.

그녀가 처음 현일의 피아노 악보를 받았을 때의 그 표정.

'이건 너무 어렵잖아요!'

라고 얼굴에 적혀 있는 듯했다.

"음……."

물론 어렵긴 했다.

그렇게 만들었으니까.

피아노 앞에 앉아 건반을 누르기 무섭게 처음부터 끝까지 미친 듯이 휘몰아치는, 그야말로 폭풍과도 같은 음악이었다.

그래서 음악의 제목도 폭풍의 진혼곡이었다.

진혼곡(鎭魂曲)이 아닌, 진혼곡(眞魂曲).

처음 이 악보를 김세훈에게 보여주었을 때, 그는 적잖이 화를 냈다.

무슨 이런 기본도 안 되어 있는 것을 진혼곡이라고 가져 오냐며.

이후 몇 번의 수정을 거치고, 김세훈과의 타협점을 찾는 동안 그의 표정이 변하는 것을 알 수 있었다.

사실 처음의 악보에서 바뀐 건 거의 없다.

여기서 '도'를 할까? '도#'을 할까? 뭘 해도 마음에 드는데.

그런 고민을 한 부분이 있으면 전자에서 후자로 바꾸거나, 후자에서 전자로 바꾸는 등의 아주 간단한 수정만을 거쳤을 뿐.

바뀐 것은 악보가 아니었다.

바뀐 것은 현일이 아니었다.

바뀐 것은 김세훈이었다.

몇 차례 악보를 건네고, 그것을 그가 시연해 보는 사이에 자기도 모르게 변한 것이었다.

아니, 물이 든 것이다.

'최현일식 피아노'에.

*　　　　*　　　　*

며칠 뒤, 임재일은 뉴욕 호텔을 시작으로, 일전에 논의했던 '미친 짓'의 즉각 수행에 나섰다.

"뭐라고요?"

뉴욕에서 제일가는 쇼핑몰 빌딩의 주인인 마크 앤더슨은 자신의 귀를 의심했다.

"재 도색 비용까지 다 지불하겠습니다."

임재일이 목표로 하는 건물에는 몇 가지 조건이 있었다.

첫째, 사람들이 자주 이용하는 건물일 것.

둘째, 되도록 크고 높은 건물일 것.

셋째, 외관에 별다른 치장을 하지 않은 건물일 것.

그 외에도 몇 가지 있었지만, 위 세 가지에 가장 적합한 건물을 몇 개 찾았으니.

그중 하나가 마크 앤더슨의 '앤더슨 몰'이었다.

"그러니까, 제 건물의 외벽을 'GCM Entertainment'로 도배하겠다. 이 말씀이시죠?"

왜 그런 짓을 하느냐고 누군가 묻는다면, 기업이 자사의 제품을 광고하는 이유와 같다.

암시 효과.

계속 특정한 기업의 명칭이 눈에 들어온다면, 무의식 속에 그 이름이 남게 마련.

어떤 물건을 살 때에도 여러 브랜드가 놓여 있을 때 익숙한 회사의 것을 집어 들게 되는 이치다.

예전, 캡티비전이 'Duty Calls You' 프랜차이즈의 운명을 놓고 사활을 걸었을 때 제작비의 대부분을 마케팅 비용으로 쏟아부었다.

그 원인이 바로 이것이었고, 결과는 대성공이었다.

지금은 깨졌지만, 당시에는 신기록을 세웠으니까.

그리고 그때의 성공이 지금까지 이어져 오고 있는 것이고 말이다.

"정확합니다."

"음……."

임재일은 침을 꿀꺽 삼키며 마크 앤더슨의 대답을 기다렸다.

"저야 상관은 없습니다. 아니, 오히려 좋죠."

가만히 앉아서 돈 챙길 기회를 마다할 이유 없으니까.

그가 말을 이었다.

"그저 건물의 공간만 기업체에 빌려주고 있으니까요."

"문제는 바로 그거로군요."

"그런 거죠."

해당 층을 사용하고 있는 사업체가 자신의 층에 도색을 하는 것을 가만히 두고만 볼 리가 없다는 것.

"현재 어떤 기업들이 들어와 있죠?"

"여기 있습니다."

그가 서랍에서 앤더슨 몰의 대략적인 도면을 꺼내어 내밀었다.

임재일의 눈은 상위 층에 들어와 있는 사업체에 집중되었다.

"못 보던 브랜드가 많군요?"

"네. 대기업보단 중소기업에게 기회를 주자고 생각했습니다. 저에게도 무척 힘들었던 시절이 있었습니다. 그래서 그 기회가 얼마나 소중한지 잘 알고 있거든요."

"흠… 이 사업체들 자본 출처가 어딥니까?"

"무조건 제1금융권이 원칙입니다. 많이 데여봐서."

"예를 들면?"

"로만 브라더스 같은 곳."

"그렇군요."

임재일이 씨익 미소를 지었다.

*　　　　*　　　　*

"그게 아니라니까!"

"으으… 너무 어려워요."

호텔에 공연 스테이지가 들어서고 따로 만들어진 리허설 전용관.

그곳에서 은가은은 지옥 같은 시간을 보내는 중이었다.

"그래서 특훈을 하는 것 아니겠느냐."

"이런 악보는 들은 적도 본 적도 없다구요."

평소 같았으면 은가은이 징징거리자마자 버럭 소리를 질렀을 김세훈이지만, 어느덧 자기도 모르는 새 그녀에게 적잖이 유순해진 그였다.

"잠깐 나와봐."

김세훈이 은가은 대신 피아노 앞에 앉았다.

"잘 봐라."

"……?"

그는 검지로 악보를 여기저기 가리키며 말했다.

"여기서 이 부분을 빼버리고, 이 부분은 진혼곡의 정석처럼. 그리고 여기는……."

그러고는 이내 건반을 눌렀다.

듣는 내내 하품만 나오는 무미건조한 멜로디.

연주가 끝나자, 김세훈이 물었다.

"어떻느냐?"

"지루해요."

"바로 그거다. 본 적 없다고 해서 마음에 안 들고, 이것저것 빼버리고. 그게 바로 새로운 것을 배척하는 태도다. 음악가에게 아주 안 좋은 선입견이야. 그렇게 되면 음악판이 어떻게 되겠나?"

"음… 아무도 새로운 것을 안 하… 겠죠?"

김세훈의 훈수에 은가은도 깨달은 것이 있는 듯, 이후로는 아무런 토를 달지 않고 묵묵히 연습에 집중했다.

김세훈은 일순간 왜 자신이 남의 악보를 변호해 주고 있는 건지 의아했지만, 열정이 충만해진 은가은의 눈빛을 보고는 상념을 털어냈다.

자신의 뒤를 충분히 이을 수 있을 것 같은 귀한 제자였으니까.

그에게는.

*　　　*　　　*

몇 주 후.

뉴욕의 시민들은 도심의 고층 빌딩들에서 벌어지는 웬 희한한 공사에 지나가면서 한 번씩은 쳐다보았다.

리모델링이라고 부르기도 뭐한, 전혀 연관이 없어 보이는 건물들에 일제히 붉은색으로 칠해지는 도색.

뉴스에서도 다룰 정도로 이례적인 일이었다.

이미 선례가 있긴 하지만 말이다.

"'GCM Ent.'가 대체 뭐냐? 아까부터 계속 보이는데."

"그거 그 회사 아냐?"

"뭐?"

"MMF."

"그게 그 회사였구나… 그럼 저 건물들을 죄다 GCM 엔터가 사들인 거야?"

"그럴 리가. 돈이 얼만데. 안에서 장사는 그대로 하고 있는 것 같은데. 그냥 광고하는 거겠지."

"그런가? 엄청 공격적으로 홍보하네. 저러다 슈퍼볼 광고에도 나오겠다."

"MMF 노래 좋던데 근처 레코드 샵 가서 앨범이나 하나 사볼까."

"가자."

사람들은 시내를 걷다가도 이따금 시선을 돌려 도색된 건물을 바라보고는 지나가듯 대화를 하기 시작했다.

그런 면에서 작전은 성공적이라고 할 만했다.

지나가면서 보게 만들고, 호기심을 갖게 하는 것.

GCM 엔터의 상품까지 사주면 더욱 좋고.

한편, 미국 각지의 엔지니어와 취업 준비생들 또한 GCM 엔터에 관심을 가지기 시작했다.

저 정도로 돈지랄(?)을 할 능력이 되는 회사라면, 자신이 원하는 연봉의 최소 기준은 만족할 수 있지 않을까 하는 믿음에서였다.

"지부장님. 지난번에 비해 지원자가 여섯 배로 늘었습니다."

"그래? 어서 시험과 면접 스케줄을 앞당겨. 오디션 홍보도 대

대적으로 하고. 일단은 은가은의 공연 홍보를 최우선으로 한다."
"알겠습니다."

*　　　*　　　*

뉴욕, 맨해튼, 센트럴 파크.
푸른 잔디가 무성한 공원 한복판.
그곳에는 어째선지 그랜드 피아노가 놓여 있었다.
의자에는 은가은이 앉아 있었고, 그녀를 중심으로 카메라와 구경꾼들이 둘러싸고 있었다.
"준비는 됐지?"
"네."
애써 웃음을 지으며 건반에 손을 올리는 은가은.
'이러려고 미국에 온 게 아닌데…….'
미국에서의 첫 공연이 공원 한복판이라니.
처음 이야기를 들었을 땐 그렇게 생각했다.
GCM 엔터가 공원을 대여하는 데 얼마를 지출했는지를 알고 나서도 과연 이런 생각이 들었을까.
하지만 다음 말을 들었을 땐 그런 생각이 들면서도 심장이 두근거렸다.
그녀의 첫 뮤직비디오 촬영이니까.
이름하야 라이브 뮤직비디오.
스튜디오가 아닌, 직접 현장에서 라이브로 녹음된 것이 인터넷에 업로드될 것이다.

또한, 현일의 첫 피아노 곡이 세상에 공개되는 날이기도 하고.

때문에 현일과 은가은 둘 다 긴장되기는 마찬가지였다.

카메라 감독이 펼친 세 개의 손가락을, 하나씩 접어갔다.

스태프들도, 카메라의 렌즈도, 무슨 일인가 싶어 모여든 구경꾼들도, 숨죽이고 그녀와 피아노를 지켜보았다.

갑자기 비가 내리기 시작했지만, 아무도 그것을 신경 쓰지 않았다.

일부러 오늘을 선택한 것이니까.

이윽고 연주는 시작되었다.

폭풍의 진혼곡이.

*　　　*　　　*

연주가 끝날 때까지 구경꾼들은 그 자리에서 꿈쩍도 하지 않았다.

입이 벌어질 틈조차 없었다.

오히려 지나가던, 무관심하게 공원에서 쉬고 있던 사람들의 이목을 붙잡았다.

심지어는 좀 더 보여 달라며 구걸하는 사람도 있었다.

—대체 GCM 엔터는 저런 인재들을 어디서 구하는 거지? 세계 10대 불가사의다.

ㄴ 공장에서 찍어내는 거임. 몰랐음?

ㄴ 잠깐 진짜인가 고민했다.

—이번엔 피아노인가요? 너무 좋네요. 최현일은 못하는 장르가 없네요.

—은가은을 계기로 한국도 피아노가 조명받았으면 좋겠다. 바로 옆 나라만 해도 매년 전 세계 유수의 피아니스트가 한자리에 모여드는데.

ㄴ 피아노 전공자로서 적극 지지합니다. 굳이 비행기 탈 것 없이 세계 제일 대회가 우리나라 땅에서 열렸으면 하는 바람입니다.

비단 유튜브뿐만 아니라, BCMC, 심지어 버클리 음대의 교수들까지 은가은과 최현일이라는 이름이 뇌리에 각인되었다.

"뭐? 이 곡을 그자가 작곡했다고?"

"그렇다고 합니다."

버클리 음대의 피아노과 교수인 노먼 칼리는, 폭풍의 진혼곡에 대해 이렇게 정의했다.

'전율의 악보'라고.

듣는 순간, 전율에 휩싸였다.

소름이 돋았다.

"믿을 수 없군. 이런 대단한 곡을 한 번의 경험도 없는 사람이 만들어 내다니."

아무리 눈을 씻고 찾아봐도 이 GCM이란 작곡가가 과거에 작곡한 피아노 악보 같은 건 존재하지 않았다.

"다른 예명으로 쓴 게 있을 수도 있지 않습니까?"

"내가 모르지 않나."

잠시 그의 말을 곱씹어보던 조교수는 이내 고개를 끄덕였다.

"…그렇군요."

다른 예명으로 작곡한 악보가 있는데 노먼 칼리 자신이 모른다?

말도 안 된다.

이는 자만이 아니었다.

그는 피아노계의 명망 높은 교수.

현역 때는 한창 이름을 날렸던 유망주였다.

만약 있다 해도, 노먼 칼리가 모를 정도면 결국 그 정도밖에 안 되는 악보란 뜻이니까.

적어도 이 바닥에서는 말이다.

"아무튼… 그를 꼭 한번 만나보고 싶군."

'그렇게나 대단한 건가?'

곡이 좋다는 건 동의하지만, 저 엉덩이 무거운 교수가 저런 말을 할 정도라니.

아직은 부족한 그의 식견으로는 이해하기 힘든 일이었다.

*　　　*　　　*

"네? 벌써요?!"

"저걸 봐."

달리는 차 안.

현일은 손으로 어딘가를 가리켰다.

길거리 여기저기에 걸려 있는 은가은의 공연 홍보 플랜 카드.

피아노를 치고 있는 그녀의 사진과 함께 공연 장소와 날짜가 적혀 있었다.

"카네기 홀……."

총 3,000석으로 그렇게 큰 곳도 아니고, 링컨 센터의 개장 이후 폐장의 위기까지 맞았던 공연장이다.

하지만 그녀에겐 TV에서만 보던 곳에서 자신이 공연하게 된다는 사실이 가슴을 벅차오르게 만들었다.

"다음엔 더 큰 공연장에서 하게 될 거야. 반드시."

—장하다 우리 딸! 열심히 해~

은가은은 플랜 카드를 사진으로 찍어 부모님께 전송하고는 대답했다.

"저는 어디든 좋아요."

"그래?"

"그래도 한국은 좀 그렇지만요."

피아노를 배우는 사람은 많은데, 정작 유명한 피아니스트의 이름은 아무도 모르는 곳에서 우뚝 서긴 어려운 법이니까.

그녀는 그렇게 생각했다.

"과연 그럴까?"

"네?"

현일은 한국에서 어떤 일이 벌어지고 있는지 그녀에게 보여주었다.

"말도 안 돼."

한국 전역에서 피아노 시장을 살리기 위한 캠페인이 벌어지고 있었다.

"GCM 엔터가 후원하고 있는 거 아네요?"

"어떻게 알았어?"

"에이……."

은가은이 입술을 삐죽였다.

"그래도 시작은 우리가 한 게 아냐. 우리도 모르게 시작된 걸 후원하고 있는 거지."

"정말이요?"

"그렇다니까."

삼대 콩쿠르.

만약 가지 못한다면, 끝까지 책임을 지어 줄 것이다.

한국의 공연장을 세계 최고의 무대로 만들면 되지 않겠는가.

GCM 엔터가 만든 공연장을.

Chapter 7
반대로 읽어도 은가은

—GCM 엔터가 아니면 데려갈 수 없는 곳.

—와… 이걸 실시간 중계로 볼 수 있다니. 실화입니까

—대한민국 피아노의 희망 은가은! 응원합니다!

—GCM 엔터테인먼트는 한국의 자랑이다.

한국의 공영 방송국에 실시간으로 중계되는 은가은의 카네기 홀 공연.

뮤직비디오가 공개된 후, 곧바로 성사된 것이었다.

꽉 찬 3,000석의 자리뿐만 아니라, 부모님, 그리고 전 국민이 자신의 모습을 보고 있다고 생각하니 가슴이 벅차올랐다.

진정한 프로로 거듭나는 순간.

은가은은 머릿속에 악보를 떠올렸다.

하얀 오선지가 검은 음표로 빼곡히, 촘촘하게 물들어갔다.

쉼표 따윈 찾아볼 수가 없었다.

시작부터 끝까지 손을 멈추지 않는, 그야말로 폭풍처럼 몰아붙이는 폭풍의 진혼곡.

하지만 사람들은 이것을 '전율의 악보'라 불렀다.

한 음절, 한 마디, 한 행, 한 페이지, 한 소절을 연주할 때마다 듣는 이들은 소름 돋은 팔을 문질렀다.

전율에 몸을 떨었다.

연주의 난도에 경악했다.

다만, 연주가 어려운 것만이 능사는 아니었다.

그저 어려울 뿐이었다면, 기교만을 뽐내기 위한 곡으로만 남았을 테니.

악보가 피아노에게 주는 선율이 너무나도 아름답다.

그리고… 그저 곡이 좋다.

그것이 본질이었다.

"와아아아아!"

악보의 마지막 음표를 연주했다.

그러나 이대로 끝나지 않았다.

이 곡의 진정한 묘미는 지금부터였으니.

누구도 상상 못 할 연주는, 이제 시작에 불과했다.

* * *

공연이 끝나자마자 사라 테일러가 현일의 앞에 나타났다.

아니, 그녀는 애초부터 은가은의 공연을 보고 있었다.

그녀가 입을 열었다.

"GCM에서 키워낸 클래식계의 후기지수가 얼마나 대단한지 궁금해서 와봤어요."

은가은의 무대를 보면서 연신 다양한 표정을 보여주던 그녀의 입에서 어떤 평가가 나올지 현일은 내심 궁금하기도 했다.

"그래서, 기대엔 충분히 만족하셨나요?"

"공연이 끝난 줄 알았는데, 설마 거기서 악보를 반대로 연주할 줄이야… 그건 세상 어느 작곡가도 하지 못할 천재적인 발상이에요. 심지어 그것도 좋다니!"

사라 테일러는 진심으로 감탄한 듯했다.

하기야 그 누가 악보를 반대로 연주할 것이라 상상이나 했겠는가.

그녀가 말을 이었다.

"폭풍의 진혼곡이 해일 위에서 휘몰아치는 태풍이라면, 파트 II는 폭풍이 지나가고 난 뒤의 따스한 햇살 같았답니다. 파트 I을 들을 때 슈퍼카의 12기통 엔진처럼 울리던 제 심장을 차분히 가라앉혀 준 기분이었어요."

"하하하, 감사합니다."

현일은 주차된 그녀의 차를 흘깃 보고는 고개를 끄덕였다.

"하지만 저보단 가은이의 평가를 더 들어보고 싶군요."

"물론이죠. 와우… 예전부터 눈여겨보고 있었는데, 설마 이제 겨우 걸음을 뗀 아이가 여기까지 올 줄은 몰랐어요."

"예전부터? 여기까지?"

"그럼요. 당신이 키운 클래식 아티스트인데 제가 모를 거라고 생각했나요? 언젠가 이름 떨칠 아이라고 생각했는데 벌써부터 제 자리가 위태로워지고 있는 것 같답니다."

"하하……."

그녀의 자리를 위태롭게 만들려면 아직 갈 길이 요원하다.

연주하는 악기도 다르고.

물론 그녀의 말을 실현할 방법만 있다면, 어떤 일이든 마다하지 않을 것이다.

어쩌면 이미 씨앗은 뿌려졌을지도 모른다.

현일이 웃으며 말했다.

"한국에 이런 속담이 있어요. '말이 씨가 된다.'"

"재밌는 속담이네요."

"속담이라는 것이 괜히 있는 게 아니란 걸 제 경험으로 꽤 많이 느꼈습니다."

"그렇다면 더 기대되는데요?"

현일은 반드시 기대에 부응하리라 다짐하고는 용건을 물었다.

"그나저나, 단지 공연을 보러 오신 것 같진 않은데 말이죠."

"눈썰미가 제법이네요."

"뭡니까?"

"아티스트가 작곡가를 찾는다. 그 이유가 하나 말고 더 있을까요?"

"음."

하기야.

'이제 사라에게도 다음 곡을 줄 때가 된 건가.'

참 오래도 기다리게 했으니.

아직은 은가은에게 좀 더 집중하고 싶기는 하지만…….

'있구나! 방법이.'

현일이 고개를 끄덕이곤 입을 열었다.

"이런 건 어떻습니까?"

설명을 들은 그녀의 눈썹이 꿈틀거렸다.

"흥미롭군요. 다시 만날 날이 무척이나 기대된답니다."

"동감입니다."

"Bye bye."

인사를 끝으로 사라 테일러는 V12 엔진을 탑재한 그녀의 애마, 노란색 람보르기니 아벤타도르 로드스터를 탄 채 현일의 시야에서 멀어져갔다.

* * *

만약 은가은이 사라 테일러와 합연을 할 수 있는 기회가 주어진다면 어떨까.

현일은 그에 대한 것을 은가은에게 물어보았다.

"음… 그렇게 된다면… 아마 엄청 기쁘겠죠?"

"그렇게 어정쩡한 대답을 원한 게 아냐."

그러자 은가은이 팔짱을 끼고 당돌하게 말했다.

"사라 테일러와 합연을 하게 해주면 GCM 엔터에 뼈를 묻을게요. 그런 일이 있을지는 모르겠지만."

"그래?"

은가은이 고개를 끄덕였다.

"그나저나, 어떻게 한 거예요?"

"뭘?"

그녀는 악보를 검지로 톡톡 두드렸다.

"이거요. 어떻게 반대로 연주할 수 있는 거죠? 제 생애 이런 건 듣지도 보지도 못했어요."

그녀는 GCM 엔터에 온 이후로 정말 다양한 경험을 한다는 생각이 들었다.

여태껏 몰랐던 미지의 신세계를 말이다.

"운이 좋았지."

현일은 어깨를 으쓱였다.

"흠."

"사실 네 이름에서 영감을 얻었어."

"제 이름이요……?"

"음. 반대로 읽어도 은가은이잖아? 그래서 반대로 연주할 수 있는 곡을 만들어보자 해서 얼떨결에 나온 거지."

"……."

은가은은 할 말을 잃었다.

"고작 그런 이유로 이런 곡을 쓸 수 있다면 전 세계의 뮤지션들이 울고 갈 거예요."

"쉽진 않았어."

그녀의 이름에서 영감을 받은 건 사실이지만, 현일이라고 하루아침에 뚝딱 만들어낼 수 있는 건 아니었다.

'폭풍의 진혼곡'을 완성하게 된 결정적인 계기는 바로 '실험'의

취지가 강했기 때문이었다.

여태까지 만들어내지 못한 '신화' 등급의 음악.

그것의 실마리를 찾기 위해 다양한 실험을 해봤던 것이었다.

결과는 성공적이라고 할 만했다.

비록 신화 등급의 음악을 만들어내진 못했지만, 단서는 얻었으니.

['신화' 등급을 해제하십시오. 2/3]

현일은 떠오른 메시지를 보고 만족스러운 미소를 지었다.

'도전과제……? 라고 해야 하나.'

신화 등급의 음악을 해제하기 위한 단계 중 두 번째를 해금하고 나서야 나타난 메시지였다.

첫 번째 과제는 '전설' 등급의 음악을 작곡하는 것.

두 번째는 반대로 연주할 수 있는 음악을 작곡하는 것.

세 번째는 아직 모른다.

아무것도 가르쳐 주지 않으니까.

아마 직접 풀기 전까진 알 수 없을 것이다.

첫 번째와 두 번째가 엄청난 난도를 요구하는 만큼, 세 번째도 마찬가지일 것이다.

인류 역사상 아무도 창조해 낸 바가 없는, 신화 등급의 곡을 만들기 위한 과정이니까.

다시 말해서, 마지막 하나를 해금하기 전에는 죽었다 깨어나도… 아니, 한 번 더 과거로 회귀를 한다고 할지라도 신화 등급의 음악을 만들 수 없다는 뜻일 것이다.

'그런데 설마하니 잠겨 있었을 줄이야.'

이러니 신화 등급을 만들어낼 수 없었을 터다.

물론, 풀려 있더라도 작곡할 수 있을 거란 생각은 하지 않았다.

단지 도전할 뿐.

죽기 직전에라도 만들어낼 수만 있다면, 현일은 그것으로 족했다.

죽고 난 후에야 이름이 알려진 예술가도 여럿 있지 않은가.

'혹시 다른 작곡가들도 이런 과정을 거치면 신화 등급의 노래를 작곡할 수 있는 걸까?'

문득 그런 호기심이 일었다.

은가은이 고개를 갸웃거렸다.

"무슨 생각을 그리 하세요?"

"응? 아, 어떡해야 '더 좋은 곡'을 만들 수 있을까 하고."

"욕심쟁이."

"하하하."

* * *

은가은의 첫 공연 후, 약 삼 개월이 지났을 쯤에 은가은과 사라 테일러의 합연을 위한 곡이 거의 완성되어 가고 있었다.

사라 테일러와 수많은 논의 끝에 만들어진 몇 마디 안 남은 악보.

러닝 타임은 대략 15분.

7분과 8분의 두 파트로 나뉜다.

각 파트마다 바이올린과 피아노를 부각시키는 한편, 두 악기가 최적으로 조화되도록 하는 것에 중점을 두었다.

그래도 피아노를 조금이라도 더 살리고 싶은 마음은 어쩔 수 없었지만 말이다.

사라 테일러가 묘한 표정으로 말했다.

"파트 원의 제목이 황혼이고, 파트 투가 여명? 제목이 의미심장한데요?"

"어떤 점이요?"

"황혼이 제 파트고, 여명이 피아노잖아요. 흠… 제가 지는 해고 가은 양이 뜨는 해라 이거로군요."

현일이 손사래를 쳤다.

"아뇨! 절대 그런 뜻으로 지은 건 아니에요."

"그럼?"

"음……."

제목에 별 뜻은 없었다.

그러나 날카롭게 쏘아보는 그녀의 눈빛에 어떻게든 의미를 생각해 낼 수밖에 없었다.

"어… 음… 가장 아름다운 순간의 두 사람이라는 뜻… 입니다. 황혼과 여명. 그 석양과 노을빛!"

"그런가요?"

"네. 왜 그렇게 생각하셨는지는 모르겠지만 아무튼 아닙니다."

"흐음."

"……"

"뭐, 그렇다고 해두죠."

다행히 잘 넘어간 듯싶었다.

현일은 어서 화제를 돌렸다.

"그보다 곡에 대해서 얘기를 듣고 싶은데요."

"아, 그렇죠. 마지막은 계속 연주가 진행되면서 페이드아웃 형식으로 끝나는 건 어때요?"

"전 그런 건 별로 안 좋아합니다. 마지막이 깔끔하게 마무리가 되어야죠."

"그럼 여운을 주는 건 어때요?"

"'Pride'처럼?"

"그런 거죠."

'Pride'는 마지막에 속도를 늦추면서 연주를 멈추는 식으로 끝나는 노래였다.

악보를 보니 마침 앞의 마디와 절묘하게 조화가 될 것 같았다.

현일은 고개를 끄덕였다.

"좋네요. 그걸로 가죠."

"말이 나와서 말인데요. 'Pride' 이후로 바이올린 지망생이 엄청 늘어난 거 알아요? 원래 미래가 어두운 분야였는데."

"그래요? 그건 몰랐네요."

그러나 바이올린 지망생이 늘었다고 해봐야 과연 얼마나 될까.

현실의 벽에 부딪쳐 우수수 떨어져 나갈 사람들이 태반일 것이다.

"버클리 음대의 바이올린과 경쟁률이 피아노과를 앞지른 적도 있었답니다. 딱 한 번뿐이었지만."

첫 번째 마디와 두 번째 마디 말에서 사라 테일러의 희비가 교차했다.

현일은 그녀의 말에 적잖이 놀랐다.

그 정도일 줄은 몰랐으니까.

"연주자가 당신이어서 가능했던 겁니다."

마냥 빈말이 아니었다.

후대가 선대처럼 되고 싶어 하는 것은 대상을 선망해야만 가능한 일이다.

비단 'Pride'가 전설 등급이기 때문이 아니라 그녀의 외적인 매력도 한몫을 했을 것이다.

"후훗. 고마워요."

"이번에 당신과 가은이가 합연을 하고 나면, 또 어떻게 될지 모르죠."

"그렇다면 반드시."

그렇게 말하는 그녀의 눈에서 반드시 바이올린계를 부흥시키고 말겠다는 의지가 엿볼 수 있었다.

그에 현일이 장난스럽게 말했다.

"GCM 엔터로 오세요. 혹시 압니까? 제가 바이올린도 팍팍 밀어줄지."

"정말인가요?!"

사라 테일러가 현일의 손목을 부여잡았다.

"예……?"

"물론 간단하지만은 않을 거예요. 학교도 설립하고, 쟁쟁한 후기지수가 나올 때까지 지원도 많이 해줘야 하고… 하지만 분명 그럴 만한 가치가 있을 거라고 단언할 수 있어요."

"……."

현일은 무심코 던진 농담이 이렇게 진지하게 돌아올 줄은 몰랐다.

과연 그녀를 얻기 위해서 그만한 리스크를 감수할 가치가 있을까.

고심 끝에 현일이 입을 열었다.

*　　　*　　　*

"충성!"

현일을 마주친 은가은이 거수경례를 하며 외쳤다.

"뭐야? 그건."

"사라 테일러 씨와의 합연이 성사됐으니 이제 GCM 엔터에 뼈를 묻어야 하잖아요? 그래서 저도 제 나름대로 준비해 봤어요."

"평생 할 거 아니면 그냥 관둬."

"헤헤헤."

"하여튼 여기 완성된 악보 가져왔으니까 오늘부터 연습해. 사라 테일러를 뛰어넘을 수 있게끔."

"에이, 그건 불가능해요."

"영원히?"

"…그건 아니… 지만."

"그 시간을 좀 앞당기는 거라고 생각하고."

정말로 뛰어넘길 바라고 말한 것은 아니었지만, 어찌 됐든 은가은이 사라 테일러와 비교당하는 일이 일어나선 안 되지 않겠는가.

"저도 그러고 싶긴 하지만요……."

그러나 어떻게 어린 시절부터 바이올린만 주야장천 연습한 일인자를 단기간에 뛰어넘을 수가 있을까.

'해도 해도 너무하네.'

그래서 무언가 말하려던 그녀는 이내 입을 다물었다.

'그래도 해내야 돼.'

현일이 자신의 기대에 부응했으니, 그녀도 현일의 기대를 저버리고 싶지 않았으니까.

'자극 정도는 되겠지.'

이 땅에 GCM 엔터테인먼트를 우뚝 세워줄 발판을 만들어줄 자극이.

그 정도면 충분했다.

* * *

'내가 이렇게까지 해야 되다니……'

현일에게 한 소리를 들은 이후 삼 일이 지났다.

두 손목에 파스를 붙였다.

이젠 손가락 끝 마디가 아려왔다.

그러나 스승인 김세훈과 현일에게 토를 달지 못했다.

아니, 그러고 싶지 않았다.

문득 사라 테일러에 관한 것을 찾아보던 중, 눈에 들어온 기사 하나.

바이올린을 켜는 사라 테일러의 손바닥에 숨어 있는 셀 수 없는 영광의 흉터들.

그것을 본 순간부터 자신도 가만히 있을 수가 없었다.

"지금 뭐 하는 거냐?"

"아, 선생님."

내심 열심히 하는 자신을 보고 칭찬해 주지 않을까 싶었던 그녀였으나.

"지금 뭘 하고 있는 거냐고 물었다."

"네? 무슨 말씀이신지 잘……."

그러자 김세훈은 그녀의 소매를 걷어내고는 버럭 호통을 쳤다.

"피아니스트로서의 수명을 대가로 실력을 얻을 셈인가?"

"……!"

그저 현일의 오더 때문이었을 뿐인데.

라고 말하고 싶었지만 그만두었다.

김세훈은 핑계와 변명을 가장 싫어하는 사람이었으니까.

"죄송해요……."

"알면 됐다."

또한 의외로 인정이 빠르고 배포가 큰 사람이기도 했다.

다행히 좋게 넘어가나 싶었지만…….

"앞으로 2주 동안은 피아노를 치지 말아라."

"…네……?"

그녀는 자신의 귀를 의심했다.

"뭐라… 고요?"

"크흠."

그는 같은 말을 여러 번 하는 것도 싫어했다.

말 그대로 청천벽력과도 같은 소리.

"말도 안 돼요!"

"네 피아니스트 수명을 깎아먹는 건 말이 된다고 생각하나?"

"하, 하지만……!"

"내가 시키는 대로 해."

"……."

이제까지 그가 말하는 대로 잘 따라왔다.

하지만 이번엔 마냥 따라줄 수가 없었다.

여태까지 말 잘 들었던 착한 아이였으니 이번 한 번 정도는 반항을 해도 괜찮지 않을까.

그녀는 그렇게 생각했다.

그래서 매일 새벽마다 몰래 연습실로 들어가 피아노를 연습하기 시작했다.

'흠.'

물론 그 사실을 모르고 있을 김세훈이 아니었다.

살짝 열린 문틈 사이로 은가은의 연습을 매일같이 지켜보고 있었다.

결국 참다못한 그가 연습실의 문을 벌컥 열고 들어갔다.

"내가 치지 말라고 하지 않았나?"

은가은은 당황했지만 침착하게 대답했다.

"싫어요."

"뭐?"

"저는 제가 연습하고 싶을 때 연습할 거예요. 말리지 마세요."

대체 언제 이렇게 반항적인 학생이 되었을까.

김세훈은 고개를 젓고는 말했다.

"정녕 그렇게 하겠다면 말리지는 않으마. 다만 후에 가서 나를 원망하진 마라."

만에 하나, 최악의 경우로 언젠가 은가은이 더는 피아노를 못 치게 된다면, 그때 가서 왜 자신을 말리지 않았냐며 따지고 든다면 골치 아파질 것이다.

"본인의 인생은 스스로가 책임지는 것이니."

은가은이 무엇을 하고 어떻게 되든지 어디까지나 그녀의 선택이었음을 강조하고는 연습실을 나섰다.

다만 가만히 있을 수만은 없었다.

김세훈은 현일에게 이러한 사실을 알려주며 의견을 구했다.

"저러다간 길어야 십 년, 가은이의 손목이 남아나질 않을 겁니다."

현일은 무덤덤하게 대답했다.

"아마 그렇겠죠."

"그걸 알면서도 저렇게 방치할 생각입니까?"

"그래도 매일 저러는 것도 아니고, 가끔은 스퍼트를 올릴 때도 있어야 더욱 성장하는 것 아니겠습니까?"

"그것도 제대로 된 방법일 때의 이야기인 겁니다."

"피아니스트님은 한 번도 그랬던 적이 없습니까? 뛰어난 라이벌을 뛰어넘고 싶었을 때, 벽과 마주쳤을 때, 존경하는 과거의 피아니스트처럼 되고 싶었을 때… 그들을 떠올리면서, 뼈와 살을 깎으며 연습했던 적이 단 한 번도 없었습니까?"

"……!"

김세훈은 그제야 떠올랐다.

자신이 어떻게 최고의 피아니스트가 될 수 있었는지를.

자신이 흘린 땀의 무게를 말이다.

"좋은 현상이라고 생각합니다. 가은이가 강사님을 믿고 따라왔듯이, 강사님도 가은이를 믿어보세요."

은가은이 김세훈과 같은 피아니스트에게서 모든 것을 사사할 수 있다면 사라 테일러를 뛰어넘는 것이 그리 오래 걸리지만은 않을 것이다.

'어쩌면 김세훈까지.'

만약 정말로 은가은이 피아노를 못 치게 된다면 어떨까.

그때에는.

'다른 거 시키지 뭐.'

*　　　*　　　*

일주일 후.

손목에 붕대를 칭칭 감고 있는 은가은.

손목이 연신 욱신거렸지만 참고 견뎌냈다.

만약 자신이 GCM 엔터와 연이 닿지 못했더라면 어땠을까 하는 생각을 하면서 말이다.

'아마 이런 기회조차 없었을 거야.'

손목이 마르고 닳도록 연습을 해볼 수도 없었을 것이다.

지금도 여전히 이웃집과 소음 문제로 싸우며 집을 옮겨 다녔을 것이다.

아니면 진즉에 꿈을 포기했거나.

아마 후자일 확률이 높았으리라.

'아직 부족해. 더 열심히 해야 돼.'

신체가 소모품인 것은 투수뿐만이 아니다.

그녀는 그렇게 생각했다.

그렇게 연습에 몰두하던 중, 현일이 다가와 말했다.

"쉬면서 하지 그래? 이 음악이라도 들으면서."

"네?"

현일은 음악을 틀었다.

"노래 좋지?"

"네. 그런데 처음 들어보네요? 이 곡은."

"발표를 안 했으니까."

"네? 어째서요?"

"팔려고 만든 게 아니라서."

예전, 영서가 병원 침대에 누워 있을 때 작곡해 주었던 음악이었다.

"그럼요?"

"그런 게 있어."

현일이 피식 웃고는 말했다.

"들어보면 알게 될지도 모르지."

"……?"

대체 무슨 말일까.

그녀는 더 물어보고 싶었으나 입을 다물었다.

아무 말도 해주지 않을 것 같았으니까.

그러나 현일의 말대로, 시간이 흐르면서 자신의 몸으로 직접 알 수 있었다.

그저 심리적인 이유일지도 모르지만, 욱신거리던 손목의 통증이 조금씩 잦아드는 것만 같았다.

자연적으로 치유된 것일 수도 있지만 단지 그 때문만은 아닌 것 같았다.

'이게 플라시보 효과라는 걸까?'

듣는 것만으로도 몸과 마음이 치유되는 듯한 평온함을 주는 음악이었다.

그리고 왜인지, 사라 테일러를 뛰어넘게 될 날이 그리 멀지만은 않을 것 같았다.

현일의 악보가 세계 제일이라 믿어 의심치 않았으니까.

*　　　*　　　*

"사라 테일러 씨와의 합연이 끝나면 바로 콩쿠르에 가고 싶어요."

문득 은가은이 현일에게 찾아와 한 말이었다.

"왜?"

"어서 작곡가님의 코를 눌러주고 싶거든요. 히히."

"날 이기겠다고?"

"당연하죠."

"그럴 일은 없을 거야."

여러 가지 의미로 말이다.

아마 현일이 어떤 식으로 콩쿠르에서 한몫을 하게 될지 그때 그녀가 알게 되면 깜짝 놀랄 것이다.

현일이 진지하게 말을 이었다.

"콩쿠르는 어련히 알아서 준비하고 있으니까 신경 쓰지 않아도 돼. 진짜 걱정되는 건 이번 공연이지."

"거기서 실수라도 하면 콩쿠르 입성에 지장이 있는 건가요?"

"바로 그거지."

"예상은 했지만……."

역시 무리해서라도 연습하길 잘 한 것 같다고 그녀는 생각했다.

"손목은 좀 어떤 것 같아?"

"아직… 어?"

희한한 일이었다.

분명 적어도 2주 동안은 미약한 통증이나마 있을 것이라 생각했는데, 이제 보니 하나도 욱신거리지 않았다.

'어떻게 된 거지?'

그 의문은 오래가지 않았다.

어쨌든 좋은 게 좋은 거니까.

"이제 괜찮아요."

만약 여전히 아팠더라도 똑같이 대답했을 것이다.

"다행이네."

"신기하네요. 사실 어제까지만 해도 아팠거든요."

"그래? 신이 널 돕는갑다."

"저는 무교라서. 히히."

"아무튼 이제 다음 주면 공연이니까 정신 바짝 차리고. 좋은 반응을 얻으면 반드시 콩쿠르에 갈 수 있을 거야."

"네."

그리고 다음 주, 공연 날이 다가왔다.

사라 테일러와 합연에 쓰게 될 곡 또한 반대로 연주가 가능한 악보였다.

그에 사라 테일러는 연신 신기해하며 대체 어떻게 하는 거냐고 물어본 적이 있었는데, 어떻게든 잘 얼버무렸었다.

"진짜 단순히 궁금해서 그런 거예요. 조금만 가르쳐 주시면 안 되나요?"

현일이 농담조로 물었다.

"알려줘도 과연 가능할까요? 'Pride'를 작곡한 것보다 더 어려웠는데요?"

사실이었다.

그도 그럴 것이, 'Pride'는 원래 현일이 작곡한 것이 아니니까.

그러나 사라 테일러에게는 그게 굉장히 의외인 모양이었다.

"정말인가요? 황혼과 여명도 정말 좋은 곡이지만, 그래도 'Pride'에는……."

미치지 못한다.

그녀는 그렇게 말하고 싶었을 것이다.

단지 (사정이야 어쨌든 이제는) 'Pride'의 작곡가인 현일에게 실례가 될까봐 말끝이 흐려졌을 뿐.

"아, 죄송해요. 그러려던 게 아닌데……."

"괜찮아요. 저도 똑같이 생각하니까요. 'Pride'는… 운이 좋았죠, 뭐. 앞으로 살날이 많이 남았지만, 그만한 곡을 다시 만들어 보라고 한다면 저도 고개를 저을 겁니다."

"분명 또 작곡할 수 있을 거예요."

"그래야죠."

현일이 미소 지으며 말을 이었다.

"그게 제 일이니까. 아무튼, 남의 밑천을 거저 알려줄 수는 없습니다."

현일은 다시 한번 미끼를 던졌다.

그녀가 물기를 간절히 바라며.

"흠……."

잠시 침묵하던 사라 테일러는 무언가 결심한 듯 이내 무겁게 고개를 끄덕였다.

"좋아요. GCM에 가면 되는 거죠? 그렇게 할게요."

현일의 입꼬리가 자연스레 호선을 그렸다.

사라 테일러는 명실상부 현 바이올린계의 일인자.

또한 클래식 업계에 강력한 영향력을 행사하는 인물이다.

사실 현일이 콩쿠르에서 한 역할을 담당하게 된 것도 그녀의 도움이 없지 않았다.

실력을 인정받아도, 이쪽 분야가 워낙 보수적인 집단이라 대중음악을 하던 현일을 인정하지 않으려던 것이었다.

때문에 사라 테일러의 적극적인 추천이 아니었으면 현일도 은가은에게 그곳에서 볼 수 있을 거라 호언장담은 할 수 없었으리라.

하지만 이제는 그녀의 로열티(Loyalty)를 얻었으니, 거리낄 게 없었다.

그녀가 팔짱을 끼곤 말했다.

"단, 저번에 얘기하셨던 건 꼭 지켜주셔야 해요? 가능한 빨리."

"그럼요."

학교를 설립하는 건 간단한 이야기는 아니지만, 못할 건 없었다.

사라 테일러와 현일의 목적은 달라도 수단은 일치할 수 있는 것이고,

그녀의 목적은 바이올린의 부흥.

현일의 목적은 전 세계의 뮤지션이 한국으로 모여드는 것.

물론 바이올린만이 아니라 다른 악기도 같이 해야겠지만 말이다.

'사라 테일러를 교사로 내세우면 관심을 끌겠지.'

홍보 따윈 필요도 없을 것이다.

사라 테일러가 손목시계를 응시하고는 말했다.

"시간이 됐네요. 무대에서 봬요."

Chapter 8
안식처

'좋군.'

오로지 피아노와 바이올린 하나만으로 이루어지는 공연.

베이스도, 미리 녹음된 다른 악기도 없지만 은가은과 사라 테일러의 합주는 청중들로 하여금 만족감을 주기에 충분하고도 남았다.

여느 오케스트라처럼 웅장함은 없었지만, 소름이 끼칠 듯 말 듯 감질나게 만드는 섬세함이 있었다.

마치 뭐라도 하지 않으면 도저히 참을 수 없을 것만 같은 그런 기분.

왜 그런 느낌 있지 않은가.

기분 좋은 일이 생기면 앉아 있다가도 엉덩이가 들썩들썩거리고 방 안을 쓸 데 없이 돌아다닐 때 말이다.

안 듣고 있으면 자꾸만 생각나서 아무것도 손에 안 잡히는, 들어도 또 듣고 싶은 그런 느낌을 사람들에게 선사해 주었다.

"감사합니다! 감사합니다!"

둘은 연주가 끝나자 관중들에게 인사를 하고는 무대를 내려갔다.

은가은은 무대에서 내려오자마자 현일을 보며 어깨를 들썩였다.

"어때요? 저 잘했죠?"

"음. 자꾸 사라 테일러를 힐끗거린 것만 빼면 다 좋았어."

"그거는… 하하……."

자신이 잘하고 있는지 확인하고 싶은 마음에서였다.

혹여 자신의 실수로 사라 테일러에게 폐가 될까봐 조마조마했었다.

하나의 중대한 사실을 간과하고 있었으니까.

"이 공연은 네가 주인공이었는데."

"만약 누가 저보고 테일러 씨에게 묻어간다고 하면 어쩌나 하는 생각이 들어서 그랬던 것 같아요."

"그런 인간이 있으면 나한테 데려와. 너랑 내 앞에서 피아노 쳐보라고 시킬 테니까. 아마 한 마디도 못 넘기고 버벅댈걸?"

"역시 그렇겠죠?"

현일의 말 덕분에 답답했던 마음이 조금은 풀린 은가은이었다.

의욕도 생겼고.

"그러니까 자신감을 가져. 적어도 네 또래에서 너를 뛰어넘을 사람은 없을 거다. 그건 내가 보장하지."

"알았어요. 감사해요. 그럼 전 연습하러 갈게요. 제 또래들과의 격차를 더욱 벌려야 하니까."

"벌써? 연습도 좋지만 콩쿠르 가기 전에 휴가 정돈 주려고 했는데. 한국에 가고 싶지 않아?"

"콩쿠르니까 더욱더 연습에 매진해야죠."

"그냥 줄 때 받는 게 나을걸? 아마 콩쿠르 가면 가족이 엄청 보고 싶을 텐데."

"네?"

가족이야 지금도 보고 싶은 건 마찬가지였다.

그녀는 현일의 말을 잘 이해할 수 없었다.

"콩쿠르에 가보면 알 거야."

* * *

"가은아… 흑……."

은가은의 친자매인 은가윤은 은가은을 보자마자 그녀를 부둥켜안고 울음을 터뜨렸다.

"왜 울고 그래."

눈물을 흘리면서 웃는 은가윤의 얼굴을 보니 은가은도 코끝이 찡했다.

"왜기는… 네가 너무 자랑스러워서 그러지."

"공연 봤어?"

"당연히 미국 첫 공연부터 뮤비하고 다 봤지. 실력이 엄청 늘었던걸? 연습 많이 했나 봐?"

"헤헤."

"네가 정말 자랑스럽다. 너무너무."

"고마워."

"아, 내 정신 좀 봐. 이렇게 서 있지 말고 식탁에 앉아 있어봐. 네가 제일 좋아하는 거 해놨으니까 조금만 기다려."

"응."

그녀는 무대에서 사람들의 환호와 박수갈채를 받는 것도 짜릿했지만, 무엇보다 가족과 함께하는 시간이 가장 행복하다는 생각이 들었다,

한편, 현일도 미국에 남아 있지는 않았다.

직원들과 아끼던 동생도 보고, 한지윤과 노닥거리기도 하면서 즐거운 시간을 가지고 싶었으니까.

그 와중에도 신화 등급의 음악을 해금하는 조건이 신경 쓰이긴 했지만.

'다음엔 아예 처음부터 반대로 연주하는 곡을 만들어볼까? …아니 내가 생각해도 그건 좀 아닌 것 같다. 그건 그저 악보를 반대로 그렸을 뿐이야.'

아무리 생각해도 답이 안 나오는 문제였다.

아무것도 가르쳐 주질 않으니.

'그럼 아니면 아예 악기 없이 만들어볼까? …그것도 아닌가.'

결국 현일은 혀를 차며 생각을 미루기로 했다.

그러나 현일에게 있어서 신화 등급의 음악은 언젠가 반드시 이뤄내야 할 숙명의 과제였다.

마치 메시지가 꼭 그렇게 해달라며 등을 떠미는 기분이 들었다.

"왔구나! 반갑다야."

아무튼, GCM 엔터에 도착한 현일을 가장 먼저 마중 나온 것은 안시혁이었다.

팀 3D 인원 모두를 좋아하지만, 이러니 그들 중에서 안시혁에게 정이 조금이라도 더 가는 것은 사람인 이상 어쩔 수 없는 일이었다.

"저도 보고 싶었어요, 형."

"뭐야? 낯간지럽게."

"일단 들어가요."

"어? 그래."

하고 싶은 말이 많았는지 안시혁은 걸으면서도 입을 멈추지 않았다.

서정현이 새 앨범을 냈다거나 김성아가 뮤지컬을 준비 중이라거나 모 엔터테인먼트가 MG를 받아먹고 튀었다거나 등등의 이야기였다.

확실히 한국에 없는 동안 많은 일이 벌어지긴 했다.

"그렇군요."

안시혁이 눈썹을 비틀었다.

"'그렇군요?' 돈을 받아먹고 튀었다는데 아무렇지도 않냐?"

"그런 건 법무팀이 알아서 해결하겠죠. 그러라고 고용한 건데."

"그럼 이건 어때? 하연이와 영서의 열애설이 언론에 터졌어."

현일이 그게 뭐 대수냐는 듯 어깨를 들썩였다.

"어차피 언젠가는 밝혀야 할 일이었어요. 가수도 사람인데 연애 좀 할 수도 있는 거지. 안 그렇습니까?"

안시혁은 현일의 너무나도 담담한 대답에 당황해 되물었다.

"뭐 안 좋은 일 있냐?"

혹시나 현일이 아주 충격적인 일을 겪어서 이런 사소한(?) 충격은 와닿지 않는 건가 싶었다.

"아뇨? 아주 좋은 기분인데요."

"근데 왜 그래?"

그때 현일은 깨달았다.

이것이 말로만 듣던 '정점에 선 자의 허무함이라는 건가' 하고 말이다.

한국의 기획사는 어디든 GCM의 경쟁 상대가 안 되니 고작 저런 사건, 사고 정도로는 별 감흥이 일어나지 않는 것이다.

굳이 따지자면 이유는 하나 더 있었다.

"음… 외국 물이 들어서 그런가? 미국 연예계에서는 저런 일이 일상이다 보니 그냥 그렇구나, 라는 생각만 드네요."

"아무리 그래도 그렇지. 이건 네 회사의 일이잖아."

"음……."

아무래도 미국에 있는 동안 회사 직무에 소홀한 감이 있었던 모양이다.

팀 3D가 어련히 알아서 잘해줄 거라 믿어 의심치 않았기에 걱정이 없었으니.

"그래서 어떻게 됐어요? 하연이랑 영서."

"어쩌긴? 무조건 함구하라고 지시해 놨지."

"에이, 그냥 알아서 하라고 놔둬요. 걔들이 로봇도 아니고."

"으음, 그럴까."

"그 정도 알아서 할 판단력은 있어야죠. 회사의 입장은 개인의 사생활을 존중한다는 식으로 내놓으면 될 것 같고요."

"알았어."

"청담동은 어때요?"

SH 엔터를 대체한 GCM의 지사가 청담동에 위치해 있다.

사장이 더럽게 욕심이 많았던 인간인 게 흠이었지만 그 때문인지 역시 돈은 많았던 기업이었다.

"한 팀씩 차례대로 재데뷔하고 있어. 너한테 곡을 못 받고 있는 게 불만인 사람들이 몇 있긴 한 것 같지만."

"그렇군요. 조금만 기다려 달라고 하세요."

전 SH 소속이라고 해서 차별 따위를 할 생각은 전혀 없었다.

이전에 어디서 뭘 하던 사람이었든지 지금 GCM의 일원이라면 모두가 내 사람이라는 게 현일의 지론이었다.

뒤통수만 안 때린다면 말이다.

현일이 말을 이었다.

"지금은 콩쿠르 준비로 바빠서."

"그렇겠지. GCM의 메인 이벤터를 만드는 발판인데. 잘 되고는 있지?"

"걱정 안 해도 됩니다."

이미 콩쿠르의 작곡가들은 구워삶은 지 오래였다.

*　　　*　　　*

"작곡가님!"

소식을 들은 한지윤은 회사로 한달음에 달려왔다.

이내 현일을 발견한 그녀는 환하게 웃으며 성큼 다가가 현일을 끌어안았다.

'이럴 때 보면 참 강아지 같다니까.'

귀여웠다.

"보고 싶었어요."

"난 안 그런데."

"네? 왜요……?"

"보고 있어도 보고 싶으니까."

"히……."

헤벌쭉 웃으면서도 부끄러워하는 그녀의 모습이 너무 사랑스러웠다.

한지윤은 현일의 품에 안긴 채 짐짓 태연한 표정으로 물었다.

"또 언제 갈 거예요?"

"음, 다음 주."

"이번 달까지만이라도 여기 있으실 수는 없나요?"

"어차피 너도 스케줄 있잖아."

"그래도……."

"꼭 해야만 하는 일이 있어. 근데 그게 지금 미국에서 하고 있는 일이 끝나야만 진행이 될 것 같거든."

"그럼 그 일은 언제 끝나요?"

"글쎄……. 한 오 년? 십 년?"

"……."

언제쯤이면 그녀가 원하는 대로 해줄 수 있을까.

차라리 다 놓아버리고 한지윤과 어딘가로 떠나 버리고 싶다는 생각도 들었다.

인생의 궁극적인 목적은 행복이지 작곡은 아니다.

하지만 반대로… 이 길을 택하지 않았더라면 그녀와 이렇게 있을 수 있었을까.

또한, 현일에게 있어서 '작곡'이 궁극적인 목표는 아니더라도 자신의 인생이었다.

신화 등급의 곡만 하나 만들면 그때 은퇴해도 좋을 것 같았다.

그 시기가 빨라도 좋고, 늦어도 좋다.

거의 현일의 품 안에 들어가다시피 한 그녀가 입을 열었다.

"그럼 제가 못 가게 할 거예요."

"어떻게?"

한지윤은 현일의 등허리를 감싼 팔에 더욱 힘을 주었다.

그럴수록 그녀의 사랑이 더 강렬하게 와닿는다.

지금의 현일을 만든 것이 이성호에 대한 분노와 영서의 평온이었다면, 지금 그를 웃게 하는 것은 한지윤의 사랑이었다.

"이렇게."

"믿을 수가 없네."

"뭐가요?"

"정말 사랑하고 있다고 말할 수 있어서."

"저도 믿을 수가 없어요."

"뭘?"

"작곡가님이라는 사치를 누릴 수 있어서."

절로 흐뭇해졌다.

"사랑해요."

몇 번을 들어도 질리지 않는 말.

그 말을 끝으로, 둘은 포옹도 풀지 않고, 눈을 감으며 말없이 서로의 온기를 느꼈다.

마치 시간이 멈춘 것처럼.

그러길 얼마나 지났을까.

현일의 전화기는 중요한 이메일이 왔음을 알렸다.

"잠깐만."

아쉬운 얼굴로 떨어지는 한지윤.

직감적으로 작별할 때가 왔음을 알았는지 시무룩한 표정을 지었다.

—작곡가님, 마지막 라운드의 악보를 다시 한번 검토해 주세요. 내일 오후 8시까지는 답변을 주시기 바랍니다.

'아쉬운걸.'

퀸 엘리자베스 콩쿠르 심사 위원단으로부터 온 메일이었다.

한국에 와서도 은가은의 콩쿠르 준비는 소홀히 할 수가 없었다.

어쩔 수 있나.

자신이 벌여놓은 일인 것을.

"이제 가볼게요."

"음."
"열심히 하세요. 그리고 꼭 멋진 모습 보여주셔야 돼요?"
"그래. 고마워."
한지윤과 떨어지고 싶지 않지만, 서로의 꿈을 존중해 주는 것이 둘이 사랑하는 방법이었다.
오랜만에 오는 가장 익숙한 연습실.
주위를 둘러보다가 문득 그녀와 동료 멤버인 김채린이 떠올랐다.
"아, 지윤아."
"네?"
"채린이는 잘 지내지?"
"네. …무슨 일이라도 있나요?"
맥시드의 멤버 중에 하필 그녀를 집어서 언급한 이유가 궁금한 모양이었다.
'다행이네.'
어딘가에서 울고 있지는 않을까 걱정됐는데 말이다.
"혹시 우리 사이를 다른 멤버도 알아?"
"아… 아직 말하진 않았어요. 그런데 수영이는 눈치채고 있는 것 같아요. 아마도."
현일은 아까 자신이 안시혁에게 했던 말을 곱씹어 보았다.
"일단 다른 멤버들한테는 털어놓는 게 좋을 것 같다."
"……정말로요?"
"응. 그리고 채린이 오면 여기로 오라고 해줘."
"네. 그럴게요."

현일이나 한지윤이 김채린에게 전하려는 말은, 그녀에게 슬픈 감정을 적잖게 안겨줄 것이다.

환하게 웃고 있는 한지윤의 얼굴과는 대조적으로.

Chapter 9
최고를 향하여

몇 시간 후 연습실로 찾아온 김채린.

그녀를 보며 현일이 말했다.

"표정이 왜 그래?"

울 듯 말 듯한 얼굴로 들어서는 그녀를 보니 측은해졌다.

아마 한지윤의 말을 듣고 온 모양이었다.

"흐윽… 대표님 나빠요……."

"채린아."

현일은 그녀에게 다가가 어깨에 손을 올리며 눈높이를 맞췄다.

"난 네가 어디서 어떤 상황에 있든지 의연하게 버틸 수 있는 사람이 됐으면 좋겠다."

이 정도면 그녀의 마음에 충분한 대답이 되었을 것이다.

과연 그것이 그녀에게 충분할지는 회의적이었긴 해도 말이다.

"……."

"알았지?"

"저는……."

김채린은 목 밑까지 차오른 말을 가까스로 삼켰다.

이윽고 그녀는 주먹을 꽉 쥐며 고개를 끄덕였다.

그리곤 힘없이 현일의 작업실을 터벅터벅 나갔다.

'활동에 지장이 없었으면 좋겠는데.'

그래도 아무런 영향이 없길 바라면 사치일 것이다.

현일은 마음을 추스를 때까지 휴식 기간을 줘야겠다는 생각이 들었다.

부르르 떨리는 그녀의 어깨가 보기 안쓰러웠으니.

기분이 뒤숭숭했지만 언제까지고 그녀를 걱정하며 시간을 보낼 수는 없었다.

검토한 바를 콩쿠르 측에 알려줘야 하는 데다가, 또 하나 중요하다면 중요한 일이 있었으니까.

며칠 뒤 영서의 얼굴을 마지막으로 보고나서 다시 공항 비행기를 타기 위해 일등석 전용 라운지의 항공사 직원에게 티켓 두 장을 내밀었다.

잠시 후, 에스코트 직원이 나타나서 손짓을 했다.

"저를 따라와 주시면 됩니다. 고객님."

"감사합니다."

이번엔 자주 가던 미국이 아니었다.

기대감에 얼굴에서 웃음이 떠나질 않는지 아침부터 들떠 있는 은가은이 말했다.
"와! 벨기에라니! 저 하마터면 어제 한숨도 못잘 뻔한 거 있죠?"
현일은 피식 웃었다.
"그렇게 좋아?"
"당연하죠. 살면서 벨기에에 가볼 기회가 얼마나 있겠어요?"
"콩쿠르 끝나고 뭐할지 생각만 가득이구만."
"히히. 초콜릿 왕창 사올 거예요."
벨기에는 초콜릿 왕국으로 유명하다.
1년에 생산되는 초콜릿만 14만 톤에 달하고, 연평균 초콜릿 소비는 1인당 8㎏에 이른다.
"평소에도 단것만 좋아하더니. 너 그러다 당뇨 걸린다?"
"치, 단것 먹는다고 당뇨 걸리는 거 아니거든요?"
"그래, 그래. 마음대로 하렴."
피아노 앞에 앉아 있을 때는 진지한 모습이 무척 대견스럽고 프로 같았는데, 이럴 때 보면 영락없는 10대 소녀였다.
"그나저나 작곡가님은 이미 갔다 오셨다면서요? 어땠어요?"
"놀러 갔던 거 아냐."
"그래도 본 건 있잖아요."
"도착하자마자 이것저것 하느라 바빠서 제대로 관광도 못 해봤어."
"흠… 난 이제 처음 가보는데 작곡가님은 먼저 가서 대체 뭘 하신 걸까."
물론 대답을 기대하고 한 말은 아니었다.

그만 귀찮게 하라는 듯 현일의 칸막이가 올라가고 있었으니까.

현일은 그 위로 손을 올리며 휘휘 저었다.

“내가 오늘 밤을 새서 좀 피곤하거든. 가보면 다 알게 될 거니까 너도 잠 좀 자둬.”

한국에서 벨기에의 수도인 브뤼셀까지 직항으로 가는 항공편은 없기에 암스테르담을 경유해서 가야 한다.

때문에 걸리는 시간도 길다.

“잠이 안 오는데요.”

“어제 한숨도 못 잘 뻔했다며? 콩쿠르에서 졸 작정이야?”

“힝.”

현일이 피식 웃으며 말했다.

“암스테르담에서 조금 놀다가려면 체력을 비축해 놔야지.”

“분부 받들겠습니다. 대표님!”

*　　　　*　　　　*

벨기에, 브뤼셀.

가벼운 발걸음으로 공항 내 셔틀버스로 올라타며 은가은이 입을 열었다.

“전 퀸 엘리자베스 콩쿠르라길래 당연히 영국이라고 생각했는데 벨기에라고 들었을 땐 솔직히 깜짝 놀랐어요.”

“아무래도 동명의 영국 여왕이 유명하니까.”

“벨기에에도 엘리자베스라는 여왕이 있었나 봐요?”

"여왕은 아니고, 왕비의 이름을 따서 지은 거야. 원래 1937년에 처음 개최되었을 땐 이자이 콩쿠르였는데, 2차 세계대전 이후로 이름이 바뀐 거지."

"그렇구나."

새로 알게 된 지식에 고개를 끄덕이는 은가은.

문득 궁금증이 들었다.

"근데 작곡가님도 피아노 참가자로 나가시는 거예요?"

"응? 왜 그렇게 생각해?"

"알아보니까 작곡 부문은 2012년을 끝으로 없어졌던데요? 올해는 피아노 차례니까 다른 악기로 나올 수도 없는 거잖아요."

현일이 입꼬리를 올렸다.

"내가 피아노로 나가면, 어떨 것 같아?"

"음… 아마 대단히 우수한 성적을 거두실 거라고 믿어요."

그녀는 팔짱을 끼곤 자신 있게 말을 이었다.

"그래도 우승은 제 거예요."

"그래?"

"아무리 작곡가님이 대단하다 해도 저는 평생을 피아노만 쳤다구요."

그런데도 지면 억울하다는 느낌이 다분한 말투였다.

"열심히 해."

은가은은 현일이 경쟁자가 될 거라 믿어 의심치 않는 눈치였다.

콩쿠르에서의 현일의 정체(?)를 그녀가 알게 되면, 과연 무슨 반응을 보일까.

내심 기대가 되었다.

"만약 성공한다면 네가 퀸 엘리자베스 국제 콩쿠르에서 한국인 최초 기악 부문 우승자가 되는 거야."

"그럼 더더욱 놓칠 수 없죠."

설레는 가슴을 안고 이국의 땅, 낯선 건물들이 즐비한 거리를 누비며 신기한 눈빛으로 두리번거리기를 얼마나 지났을까.

곧 깔끔하게 차려입은 남녀 한 쌍과 접선했다.

현지 동시통역가였다.

은가은이 물었다.

"통역가가 두 명이네요?"

"너랑 나는 다른 숙소를 쓰니까."

약속된 장소에 도착하자 콩쿠르 측에서 보낸 사람과 만날 수 있었다.

샛노란 금발에 푸른 눈동자가 인상적인 젊은 사내였는데 제법 미남이었다.

'만약 사라 테일러가 남자로 태어났다면 저렇게 생기지 않았을까?'

그런 실없는 생각이 들 정도로.

현일이 전달받았던 그의 이름을 확인했다.

"케빈 미놀레?"

"최현일 씨, 은가은 씨?"

"맞습니다."

"잘 찾아오셨습니다. 차에 타시죠."

"네."

케빈 미뇰레는 둘을 지정된 숙소로 안내해 주었다.

"만약 올해에 바이올린을 같이했다면 사라 언니도 왔겠죠?"

"그렇겠지."

그녀는 이미 바이올린 부문 최연소 우승자라는 타이틀을 거머쥐었지만, 바이올린에서 큰 행사가 있을 때마다 매번 참관하는 것으로도 유명했다.

"그새 정이 많이 들었나 봐?"

"네."

'아마 올 거야.'

사라 테일러는 피아노 콩쿠르에 올 것이다.

은가은의 공연을 보기 위해서.

하지만 입 밖으로 꺼내진 않았다.

와줄 거라 기대하지 않은 사람이 나타났을 때의 반가움이 더 클 때도 있는 거니까.

무엇보다 현일은 은가은이 사라 테일러에게 인정받는 게 아닌, 그녀가 스스로 우뚝 설 수 있는 아티스트가 되길 바랐다.

이런저런 이야기를 하다 보니 어느새 자동차는 목적지에 도착했다.

보통 국제 콩쿠르는 모든 일정을 타이트하게 잡아놓고 2주 안에 전부 끝내 버리는데, 퀸 엘리자베스 콩쿠르는 한 달 이상 지속된다.

그렇기에 주최 측에서 참가자들에게 숙소를 제공해 주는 것이다.

먼저 내린 것은 은가은이었다.

"작곡가님은 안 내려요?"

"난 다른 곳이야."

"그런가요?"

"응."

문득 뒤를 돌아보니 언뜻 봐도 숙소의 크기는 예정된 참가자를 모두 수용할 수 있을 정도는 돼보였다.

'흠… 방이 생각보다 넓은 건가?'

아니면 다른 용도로 사용하는 공간이 많거나.

어느 쪽이든 그럴 수도 있겠다는 생각이 들었기에 의문은 길지 않았다.

"알았어요. 그럼 대회에서 봐요."

언뜻 그녀의 눈빛이 이글거리는 것만 같았다.

절대로 지지 않겠다는 듯이.

"기대할게."

"저야말로."

그녀는 얼른 참가자 전용 숙소에 들어갔다.

어둑해진 저녁.

간단한 샤워로 장시간 비행의 피로를 풀고 연습실에서 실컷 피아노를 치다가 다시 배정된 방으로 향하는 길.

누군가가 말을 걸었다.

"Hello."

"어… 하, 하이."

통역가는 영어도 할 줄 알았으나 이미 퇴근해 버린 참이다.

그녀는 말문이 막혔지만 대충 눈앞의 사람이 하는 말을 알아들을 수는 있었다.

'헨리 크레이븐.'

들어본 이름이다.

어느 정도 알고 있기도 하고.

유력한 우승 후보 중 한 명이니까.

"지나가다 연주하는 거 조금 들어봤어. 어쩌면 올해에 최연소 우승자가 탄생할 지도 모르겠는데?"

"……."

"굿 럭."

그는 그 말을 끝으로 은가은을 지나쳐 갔다.

'농담일까? 진심일까?'

* * *

같은 시각 현일은 콩쿠르의 작곡가들과 회담을 가졌다.

둘러앉은 좌중의 얼굴을 둘러보았다.

하나같이 이 분야에서 내로라하는 범상치 않은 인물들.

그러나 그들은 현일이 이 자리에 나타난 것을 그리 탐탁지 않아하는 기색이었다.

'예상은 했지만.'

그럴 만도 했다.

한낱 대중음악 작곡가가 평생 피아노에만 매달려 온 자신과 같은 자리에 있다는 현실을 인정하기는 쉽지 않으니까.

여기서 현일은 이단아나 마찬가지였다.

그렇다면 이단아답게 혁신적으로 일처리를 해주리라 마음먹었다.

이 날을 위해 칼을 갈았던 것은 은가은만이 아니었으니까.

"그럼 어디 파이널 라운드의 악보를 진행해 볼까요?"

현일의 말에 누군가 태클을 걸려 했지만.

"어서 미스터 최의 악보를 보고 싶군요. 오늘을 손꼽아 기다렸습니다."

누군가의 대답에 그 '누군가'는 꾹 입을 다물었고, 좌중의 시선이 한 사람에게 집중되었다.

"물론입니다. 교수님."

노먼 칼리 교수.

그는 분명 현일이 이번에도 자신을 깜짝 놀라게 할 만한 악보를 가져왔으리라 믿어 의심치 않았다.

* * *

국제 콩쿠르는 그녀에게 있어서 인생의 판도를 변화시키는 기점이었다.

25,000유로, 한화로 3천만 원에 달하는 상금과 더불어 자신이 공연한 음악이 CD로 나온다.

또한 세계 각지의 메이저 공연장에서의 콘서트 초청까지 쇄도하니 그야말로 피아니스트로의 인생에 날개를 달아주는 격이다.

'우승을 하면 말이지. 우승만 하면.'

은가은은 결코 이 기회를 놓칠 생각이 없었다.

물론 그거야 다른 참가자들도 마찬가지겠지만, 간절함만은 자신을 이길 자가 없다고 확신했다.

때론 그 간절함이 최상의 결과를 내줄 때도 있는 법이니까.

그렇게 오늘, 마침내 그녀는 그토록 기다리고 기다리던 기점의 무대에 올라서게 되었다.

첫 라운드는 콩쿠르 측에서 미리 지정한 곡을 선보여야 한다.

'예상대로군.'

올해 피아노 부문은 전체적으로 난도가 높기로 자자했다.

소련 출신 작곡가였던 세르게이 프로코피에프의 작품들이 선정되었는데, 곡 리스트를 보면 파이널 라운드에 들고 나와도 모자람이 없을 정도였다.

현일은 자세히 어떠한 곡이 선정될지는 몰랐지만 이러한 사실을 이미 알고 있었기 때문에 은가은으로 하여금 초장부터 어려운 곡을 칠 수 있도록 부단히도 연습시켜 왔다.

그녀가 미치도록 어려워했던 '폭풍의 진혼곡' 또한 그런 연습의 일환이었고 말이다.

그러나 은가은은 연주를 하면서도 자신이 잘하고 있는 건지 어떤지를 가늠할 여력이 없었다.

심장이 터져 버릴 것만 같은 심정이었다.

정신이 손을 지배하고 있는 건지, 손이 알아서 움직이는 건지.

틀린 건지 제대로 하고 있는지도 모르겠다.

그런 그녀의 심정을 아는지 모르는지 현일은 입가에 작게 미소를 머금었다.

'열심히 했구나.'

Chapter 10
뮤직 샤펠

현일도, 그리고 심사 위원들이 보기에도 은가은은 흠잡을 데 없이 무난한 연주를 선보였다.

아마 다른 심사 위원들도 비슷한 평가를 내렸으리라.

그 생각은 틀림이 없었다.

"음……."

올해 퀸 엘리자베스 콩쿠르에 심사 위원으로 참여한 노먼 칼리 교수는 은가은의 역량에 침음을 흘렸다.

원래 그는 여러 번 콩쿠르 심사 위원으로서 초청을 받았지만, 개인적인 사정을 이유로 응하지 않았다.

여러 곳의 후원으로 이루어지는 이상 어쩔 수 없다곤 하지만, 신성한 콩쿠르가 인맥과 스폰서의 입김으로 그 의미가 흐려졌다고 생각했으니까.

그러나 현일이 작곡가로서, 또한 현일이 키운 피아니스트가 경연자로서 참가한다는 사실을 알고 한달음에 벨기에까지 달려온 것이다.

'역시 오길 잘했어.'

콩쿠르에 온 것이 전혀 후회되지 않았다.

감성에서 실력까지 무엇 하나 빠지지 않는 완벽한 연주.

'피아노의 신성이 떠올랐군.'

노먼 칼리는 그 별이 머지않아 찬란하게 빛날 것을 믿어 의심치 않았다.

"아."

마치 영원할 것 같던 그녀의 연주가 끝나자, 그는 저도 모르게 아쉬움이 가득 담긴 탄식을 내뱉었다.

부디 다음 차례도 자신의 기대를 만족시켜 주었으면.

그렇게 생각한 노먼 칼리 교수였다.

은가은에게는 공교롭게도, 다음 차례는 헨리 크레이븐이었다.

미국 출신의 피아니스트로 유력한 우승 후보 중 하나.

과연 그는 어느 정도의 역량을 보여줄까.

과연 자신이 그와 같은 세계구급 유망주들에 견줄 수 있는 정도일까.

은가은은 침을 꿀꺽 삼키며, 그의 연주를 지켜보았다.

그리고 어느 순간 그녀의 눈이 번쩍 뜨였다.

왜냐하면.

'틀렸어.'

5분 뒤에도.

'또 틀렸다.'

10분 뒤에도.

'또.'

이후에도 실수를 연발하는 헨리 크레이븐의 모습에 그녀는 안도의 한숨을 쉬며 가슴을 쓸어내렸다.

자신은 얼마나 실수를 했는지 모르기에 그가 실수를 하면 할수록 더욱더 안심이 되었다.

헨리 크레이븐에겐 유감이지만, 남의 불행은 나의 행복이라는 말이 와닿는 순간이었다.

'아니… 혹시 나도……?'

어쩌면 그보다 더 했을지도 모르는 일이다.

자신이 얼마나 훌륭한 퍼포먼스를 선보였는지 모르는 그녀에게 아직 안심은 금물이었다.

그 걱정이 기우였다는 것을 알게 되는 날은, 그리 멀지 않았지만 말이다.

*　　　*　　　*

"이, 이거 실화인가요?"

"응. 실화야."

"제가 1등으로 2라운드에 진출이라니… 어떻게 된 거예요?"

"한 번도 실수를 안 했으니까. 그야말로 퍼펙트 게임이었어."

"와……."

은가은은 어안이 벙벙했다.

퍼펙트(Perfect).

완벽하다는 말보다 더 가치 있는 칭찬이 또 있을까.

여타 참가자들보다 아직 경력도 부족한 그녀를 떨떠름해 하는 심사 위원도 있었지만, 그녀의 실력엔 누구도 이의를 제기할 수 없었다.

'근데… 생각해 보니……?'

문득 떠오른 의문 하나.

"그러고 보니 작곡가님은 무대에서 못 봤던 것 같은데요?"

"나? 애초부터 참가하지도 않았으니까."

"네에?!"

"그럼 여긴 대체 왜……?"

"회사 대표가 직원을 관리한다는 것 외에 다른 이유가 필요한가?"

"그건 아니지만……."

그녀는 이제야 떠올랐다.

케빈 미놀레가 운전 중에 했던 말이.

'파이널 라운드 진출자, 즉 파이널리스트들은 준비한 한 곡 외에 주최 측에서 준비한 신작 하나를 연주해야 합니다.'

그녀는 뒤통수를 망치로 얻어맞은 기분이었다.

'주최 측에서 준비한 신작 하나… 그거구나!'

그때야 창밖 세상을 구경하느라 여념이 없어서 케빈 미놀레가 하는 말에 기계적으로 고개만 끄덕여서 잘 기억이 나지 않았던 것이다.

그녀가 숙소에 갔을 땐, 저마다 짐을 싸들고 떠나는 탈락자들을 볼 수 있었다.

그들의 부러움과 시샘 어린 눈빛을 받으면서도, 아직도 현실이 믿기지 않아 얼떨떨했다.

또 한편으로는 자신이 저 무리에 속하지 않아 다행이라는 생각이 들었다.

그녀는 멍한 표정으로 몸을 침대에 털썩 눕혔다.

그동안 긴장으로 자각하지 못했던 피로함이 몰려와 사르르 눈이 감겼다.

오랜만에 깊은 숙면을 취하고 일어난 그녀는 정신을 차리자마자 얼른 은가윤에게 소식을 전했다.

—들었어. 우리 가은이 대단한걸? 진출할 거라고 믿었지만 설마하니 1등을 할 줄은 상상도 못했는데!

—어? 어떻게 알았어?

—그럼 모르겠니? 지금 대한민국 전역이 네 소식으로 얼마나 떠들썩한데!

은가은은 그 즉시 진위를 확인해 보았다.

은가윤의 말을 못 믿는다기보다는 온 국가가 자신을 보고 있다는 게 내심 뿌듯하기도 하고, 쑥스럽기도 했다.

[한국 피아니스트의 희망 은가은, 퀸 엘리자베스 콩쿠르 1라운드를 압도적인 성적으로 진출!]

[버클리 음대 노먼 칼리 교수, 은가은에 극찬 아끼지 않아.]

—'단언컨대 은가은의 또래에서 그만한 역량을 뽐내는 피아니스트를 지금껏 본 적이 없었다.'

한국의 미디어와 네티즌들에게 은가은이라는 존재는 24시간 뜨거운 토픽이었다.

그 외에도 그녀를 향하는 수많은 찬사들.

그녀는 절로 감탄사가 튀어나왔다.

"헐."

다시 태어난대도 이럴 수 있을까.

현일을 만나지 못했더라면, 그 좁은 방 안에서 탈피할 수 없었더라면 꿈에서조차 못 이뤄볼 현실이었다.

이젠 누구에게나 어디에서나 자기 자신을 자랑스러워 할 수 있으리라.

우승을 제치고서라도 그렇게 자신할 수 있었다.

—아 맞다.

—응? 왜?

—올 때 면세점에서 초콜릿.

—픕. 알았어. 비행기째로 실어갈게.

피는 물보다 진했다.

*　　　*　　　*

"끄응."

노먼 칼리 교수는 기자들을 현일이 가져온 악보를 연주해 보았다.

'어렵군.'

제목은 'Requiem For The Past.'

이걸 완주할 수 있는 사람이 세상에 얼마나 있을까.

물론 연습에 연습을 거듭하면 안 될 것도 없겠지만, 이 악보를 받고 약 2주라는 제한된 시간 안에 연습해서 선보여야 하는 참가자들에겐 상당한 부담이 될 터였다.

거기다 2주 내내 이것만 붙잡고 있을 수도 없다.

미리 준비해 온 곡도 소홀히 할 수 없는 법이니까.

'2주일이라.'

하지만 과연 그 기간 안에 이 음악을 익히고 능숙하게 연주할 수 있는 피아니스트가 세상에 몇이나 있을까.

그는 몇몇 후보를 떠올려 보았다.

'마크 텐더슨, 에드먼드 파리넬리, 그리고…… 세훈 킴.'

그 외엔 딱히 생각나는 인물이 없었다.

'하긴 그들이 괜히 세계 3대 피아니스트라 불리는 게 아니긴 하지.'

자신도 이 바닥에서 명성은 그 3인에게 꿇리지 않는다고 자부하지만, 노먼 칼리는 현역 피아니스트가 아닌 학자였다.

그조차 피아노 연주 실력만큼은 그들에게 한 수 접어준다.

심지어… 그도 이번 퀸 엘리자베스 콩쿠르에 경연자로 참가했다면 우승을 할 수 있을 거란 확신이 들지 않았다.

'근데 제목의 의미가 뭘까? 과거를 위한 진혼곡이라니.'

음악의 분위기에서 작곡가가 과거를 기쁘게 떠나보내는 듯한 느낌을 받았다.

그 작곡가는 다름 아닌 현일이었고.

마치 베토벤의 월광 소나타처럼 처음엔 음침하고 암울한 곡조로 시작해 점점 기쁘고 밝은 곡조로 전환된다.

'기구한 인생을 살았던 건가?'

참가자들은 이 곡을 이해하고 칠 수 있을지, 어떤 식으로 자신이 받은 감정을 담아낼지 기대되었다.

*　　　　*　　　　*

'허전하네.'

은가은은 처음 왔을 때보다 썰렁해진 숙소의 복도를 거닐었다.

"이쪽입니다."

주최 측의 안내를 받으면서.

시간은 흘러 어느새 파이널 라운드가 다가왔다.

이제 파이널리스트 12명 외에 남지 않은 것이다.

그 와중에도 은가은은 최후의 12인 중에서 순조롭게 1등의 성적을 유지하고 있었다.

실수가 종종 있었던 헨리 크레이븐이 2등이었으니, 자신감도 강하게 붙었다.

'강사님과 작곡가님의 도움이 컸어.'

괜히 특훈을 시킨 게 아니었다.

거기에 폭풍의 진혼곡까지.

그 고통과 인고의 시간이 없었더라면, 어쩌면 그녀는 이곳을 떠나는 첫 무리에 속해 있었을 지도 모르는 일이었다.

안내받은 곳으로 도착하니 나머지 열한 명이 이미 각자 자리를 잡고 모여 있었다.

이내 열한 쌍의 시선이 그녀에게로 모였다.

그녀에게 날카로운 시선을 보내는 사람도 몇 있었다.

최후의 1등 자리는 자신의 것이라고 말하는 것 같은 눈빛이었다.

"파이널 라운드에 진출하신 여러분들께 진심으로 축하의 말씀을 전합니다. 귀하 모두 파이널 라운드에서 연주할 곡을 열심히 준비해 오셨을 겁니다. 하지만 하나가 더 있습니다."

과연 어떤 곡을 가져왔을까.

좌중은 기대 반 걱정 반으로 그의 말을 경청했다.

"Requiem For The Past. 저희가 준비한 신곡입니다. 제법 난도가 있으니 최선을 다해 연습해 주시기 바랍니다."

그의 말은 길게 이어졌지만, 요약하자면 대충 그런 내용이었다.

"지금쯤이면 여러분들의 짐이 정리되었을 겁니다. 오늘부터는 뮤직 샤펠 궁에서 머무르게 될 겁니다."

은가은은 고개를 끄덕였다.

그러나 그다음 이어지는 말에서 그녀는 충격을 금치 못했다.

"뮤직 샤펠에 있는 동안 여러분들은 파이널 라운드가 끝날 때까지 절대로 밖으로 나가실 수 없습니다. 일체의 전자기기 사용도 허용하지 않습니다. 콩쿠르의 공정성과 형평성을 위한 조치이니 이 점 유념하시기 바랍니다."

'뭐라고?!'

그의 말이 끝나자마자 여기저기서 침을 꿀꺽 삼키는 소리가 들렸다.
드디어 실감이 된 것이다.
지금부터가 '진짜'라는 것을.

*　　　*　　　*

뮤직 샤펠.
"와."
은가은이 그곳을 눈에 담자마자 나온 것은 감탄사였다.
궁이라고 해서 왕의 궁전처럼 웅장한 것은 아니었지만, 그에 견주어도 뒤지지 않을 만큼 풍성한 잔디로 이루어진 넓은 마당과 중앙의 호수가 아름다웠다.
일반인에게 공개되지 않은 곳에 왔다는 것이, 파이널리스트들에게 알 수 없는 고양감을 전해주었다.
아무튼 그곳에 도착하니 12명의 에스코트 직원이 각자의 방으로 안내해 주었다.
에스코트라곤 해도, 사실상 감시역에 가까웠다.
통역가도 여기부터는 발을 들일 수 없었다.
이제 알 것 같았다.
현일이 미국에서 한국으로 가기 전 자신에게 했던 말의 의미를.
'가족이 보고 싶을 테니 휴가차 한국에 들리는 게 어떻겠냐고 하셨었지.'
2주.

짧다면 짧다고도 할 수 있는 시간이지만, 밖으로 나갈 수도 없고, 외부의 소식도 들을 수 없다는 것은 여간 답답한 게 아니었다.

아직 궁 안으로 들어서지도 않았음에도 불구하고 말이다.

"뮤직 샤펠 궁 안에는 일 년 내내 체류하는 연주자들이 있습니다. 모두 오디션에서 뽑힌 상주 음악가들이죠. 복도에서 마주치면 가볍게 목례만 하시면 됩니다."

이윽고 안으로 들어서니 에스코트 직원이 이것저것을 설명해 주기 시작했다.

"숙소는 일층과 이층이 연결된 복층 구조이며, 일층에는 그랜드 피아노가 구비되어 있으니 거기서 연습하시면 됩니다. 방음 시설이 철저하게 되어 있으니 새벽에 연습을 하셔도 문제없습니다."

가볍게 미소를 지으며 말하는 그녀가 왠지 섬뜩했다.

마치 새벽에도 연습을 해야만 한다고 떠미는 것 같지 않은가.

"벨기에 국왕께서 청객으로 오실 예정이니, 부디 파이널리스트라는 이름에 걸맞은 훌륭한 연주를 보여주시길."

"……네."

벨기에는 여전히 왕이 존재하는 나라였다.

비록 현대에는 왕정 국가의 왕실도 상징적인 의미만이 남았을 뿐이지만, 막상 한 나라의 왕이라는 사람 앞에서 연주를 한다는 건 사뭇 부담으로 다가왔다.

'그래도 상관없어.'

하나 누가 청중으로 오든지 상관없다.

왕인들 어떻고 총리가 온들 어떠하리.

최고의 연주를 보여줄 뿐.

파이널리스트라는 명칭이 그녀에게 용기를 주었다.

또한, 그만큼 이곳의 서비스도 매우 특별했다.

"이곳에 있는 모든 시설과 인원이 오직 파이널리스트들만을 위한 것이라고 생각하셔도 좋습니다."

"그런가요?"

"네. 매년 삼백만 유로의 예산이 모두 열두 명의 연주자들을 위해 쓰이니까요."

"…네……? 얼마요?"

"삼백만 유로요."

안락한 숙소부터, 오디션으로 뽑힌 상주 음악가들이 모두 파이널리스트의 오케스트라 공연을 위해 존재한다.

한 사람당 매년 약 25만 유로를 소비하는 꼴.

평생 만져볼 수나 있을지 모를 정도로 그녀에겐 비현실적인 액수였다.

왠지 에스코트를 받지 않는 편이 나았을지도 모르겠다는 생각이 들었다.

"여기랍니다."

"가, 감사합니다."

혹여 에스코트가 무슨 말이라도 더 꺼낼까 유창하지는 않은 영어로 감사의 말을 전한 뒤, 잽싸게 문을 닫았다.

무엇이든 신경 쓰이게 만드는 요소는 차라리 모르는 게 약이다.

"우와."

이윽고 눈에 들어온 방 안, 그리고 창문 밖의 풍경.

여느 호텔… 아니, 힐튼 호텔을 가도 이에 비할 바는 안 될 것 같았다.

혹 중동의 규격 외 호텔이라면 모를까.

'궁'이라는 이름이 무색하지 않은 깔끔하고, 넓고 너무나도 안락한 방이었다.

'짐은 다 있고.'

새로운 숙소를 충분히 경험해 본 후에는 바로 1층으로 내려갔다.

한시 빨리 서두르는 게 좋았다.

뮤직 샤펠에서의 첫 연습은 미리 준비해 둔 곡을.

쉴 틈도 없이, 다음으로는 아까 받아둔 악보를 보면대에 세워 놓았다.

"흐음……."

척 보기에도 만만치 않아 보이는 곡이다.

이제는 현일, 김세훈 등 누구의 조언과 일말의 도움도 없이 모든 것을 스스로 해나가야만 한다.

'아무렴 어때.'

자신에게 어렵다는 건 다른 이에게도 어렵다는 뜻이다.

'누구보다 빠르게 이 곡을 정복해 주겠어.'

그녀는 건반에 손을 올렸다.

그 자신만만한 얼굴이 다크서클로 점철되는데 걸린 시간은 별로 길지 않았다.

"흐으……."

어느덧 연습을 시작한 지 4시간이 흘렀다.

보기만 해도 절로 침이 흐르는 호화로운 음식들.

그것들이 코로 들어가는지 입으로 들어가는지도 모른 채 허겁지겁 식사를 해치웠다.

그 악보를 보고 여유로이 식사를 즐길 수가 없었다.

그런 은가은의 모습을 보곤 황당한 표정을 짓는 파이널리스트들도 있었지만, 지금 그녀는 타인의 시선 따위를 의식할 여력이 없었다.

하지만 얻은 것은 있었다.

첫째로, 'Requiem For The Past.'의 난도에 경악했다.

파이널 라운드에서 높은 성적을 얻기 위해선 미리 준비한 곡보다 이 곡에 훨씬 더 많은 시간을 투자해야 한다는 것을 깨달았다.

둘째로 이 음악은…….

'작곡가님이 만드신 거야!'

그녀는 확신했다.

의심의 여지가 없었다.

작곡가마다 묻어나오는 특유의 스타일 같은 게 아니었다.

물론 없다곤 할 수 없었지만, 그것보단 이제까지 현일이 그녀에게 주었던 곡들.

김세훈이 그녀에게 가르쳐 왔던 것들의 정수(精髓)가 이 악보 하나에 모두 담겨 있던 것이다.

'이거라면…….'

정말 우승도 꿈이 아닐지 모른다.
그녀는 무아지경에 빠져들었다.

*　　　*　　　*

"이번에도 가능할까요?"
콩쿠르의 심사 위원, 마이클이 동료 심사 위원인 아이작을 보며 물었다.
"무엇을요?"
"무실점 말입니다. 그 은가은이라는 참가자."
"아. 하하하! 난 또 무슨 소리를 하나 했습니다. 불가능합니다. 단언하죠."
"역시……."
아이작은 한 치의 망설임도 없이 말했다.
"나뿐만 아니라 누구에게 물어도 같은 대답일 겁니다. 이번에 들어온 작곡가가 제대로 미친 작품을 들고 왔어요. 아니, 작곡가가 미쳤죠."
"어떤 의미로요?"
"여러 가지 의미로."
마이클은 고개를 끄덕였다.
장난이 아니라, 이건 미쳤다고밖에 표현할 수 없었다.
곡의 난도도 그렇고, 퀄리티도 그렇고.
"올해 콩쿠르는 역대 최저치의 평균 점수를 기록하겠군요."
"그렇겠죠."

그러나 옆에서 듣고 있던 노먼 칼리 교수는 고개를 저었다.

'멍청한 것들.'

아마 심사 위원들 모두 올해 파이널 곡을 한 번씩 시도해 봤을 것이다.

'그리고 뼈아픈 패배를 맛보았겠지.'

하나, 저치들이 못한다고 해서 누구라도 못할까.

이 자리에서 세계 4대 피아니스트가 나올지 누가 알겠는가.

그는 분명 누군가는 'Requiem For The Past.'를 능숙하게 완주할 것이란 예감이 강하게 들었다.

그리고 마침내 그 예감을 확인할 수 있는 날이 다가오고야 말았다.

파이널리스트 전원이 그토록 기다렸던, 동시에 그토록 오지 않았으면 했던 그 날이.

파이널 라운드의 시작이 앞으로 하루도 채 남지 않은 것이다.

파이널리스트들의 심장이 가파르게 두근거리고, 두 손은 모터를 단 듯 쉴 새 없이 움직여댔다.

'절박함', '필사적'.

지금 그들의 모습을 본다면 누구라도 이와 같은 단어를 떠올릴 것이다.

언제 또다시 이런 기회가 올까.

물론 콩쿠르는 이곳에만 있는 것도 아니며, 주기적으로 열리기도 하지만 그때 기회를 다시 잡을 수 있다는 보장은 어디에도 없다.

'이번이 아니면 안 된다.'

하지만 공교롭게도, 파이널리스트 12인 모두가 같은 마음가짐으로 연습에 몰두했다.

방심하다간 한순간에 12등으로 추락할지도 모르는 일이었다.

*　　　*　　　*

"오셨군요."

"그럼 와야죠. 제 제자가 뮤직 샤펠에서 공연을 하는데. 하하하."

좀처럼 밝은 표정을 보여주지 않는 김세훈도 많이 기쁜 모양이었다.

"일등… 하는 것까지 보고 가세요."

"물론입니다."

그리고 그의 옆엔 사라 테일러가 있었다.

"또 뵙네요. 작곡가님."

"앞으론 자주 볼 겁니다."

"그것 참 좋은 소식인걸요?"

사라 테일러가 짧게 '후훗' 하고 웃었다.

이제 그녀는 단순히(?) 최고의 바이올리니스트가 아니라 GCM 엔터의 듬직한 기둥이 되어줄 것이다.

"앞으론 전보다 더 많이, 더 좋은 곡을 주실 수 있을 거라 믿는답니다."

"하하……."

은가은이 느꼈던 부담감이 이러할까.

하나 이 정도를 감수하지 못할 거라면 그녀를 영입할 생각도 안 했으리라.

“그나저나 여기도 참 오랜만이네요. 열여덟 살 때 온 게 마지막이었던 것 같은데.”

“이제 퀸 엘리자베스 콩쿠르엔 참가 안 하시죠?”

“네. 다른 사람들에게도 기회를 줘야죠. 우승을 제가 평생 독차지할 수는 없잖아요?”

“…그러시군요.”

마치 아주 당연하다는 듯이 말하는 그녀를 보니, 역시 격이 다르다고 해야 할까.

“일단 들어갑시다.”

뮤직 샤펠 공연장.

현일과 두 명은 공연장 2층 객석에 자리했다.

‘저 사람이 벨기에의 국왕이로군.’

정장을 차려입은 60대의 남성이란 이미지는 그리 드물지 않지만, 그의 주변을 둘러싼 경호원들이 그가 범상치 않은 인물임을 알려주었다.

‘갑작스러운 심장마비로 죽은 형을 대신해 왕위를 이은 국왕이라… 의미심장하군.’

영화나 소설에서 나올 법한 시나리오가 떠오른 현일.

이내 피식 웃는 것으로 실없는 생각을 털어내자 그의 옆에 앉은 사람이 눈에 들어왔다.

‘중동 석유 재벌인가?’

아랍의 전통 의상 같은 것을 입고 있진 않았지만, 특유의 분위기에서 부티가 철철 넘쳐흘렀다.

벨기에 왕과 무언가 이야기를 나누는 것을 보니 둘은 제법 친한 사이인 듯 보였다.

'어쩌면 이 콩쿠르의 최대 후원자일지도 모르겠군.'

현일은 곧 그들에게서 신경을 끄고 무대를 바라보았다.

바이올린, 첼로, 베이스, 플룻 등등의 갖가지 악기를 든 연주자들과 생방송을 위한 카메라들이 무대 위에서 파이널리스트들이 오와 열을 맞춰 파이널리스트들을 기다리고 있었다.

진행자가 마이크를 들었다.

공연 순서는 순전히 랜덤이기에 누가 나올지를 기대해 보는 것도 작은 묘미였다.

헨리 크레이븐.

첫 번째 무대는 그였다.

진행자는 헨리 크레이븐에 대한 간단한 소개를 마치고 파이널 라운드의 개막을 알렸다.

이윽고 오케스트라 지휘자가 단상위에 올라섰다.

그리고 손을 움직였다.

'시작이군.'

*　　　*　　　*

"오, 저게 네 동생이야?"

"맞아!"

은가윤은 친구들을 불러 모았다.

자신의 동생이 세계 최고의 피아니스트로 거듭나는 순간을 지켜보기 위해서.

그녀의 친구들이 호들갑을 떨어댔다.

"대~ 박!"

"저렇게 예쁜 동생을 지금까지 어디다 꽁꽁 숨겨놓은 거야?"

"매일 피아노 연습하느라 밖에 놀러 다니지도 못했지, 뭐."

친구들이 밤늦게 학교에서 야자를 할 때도, 방학 보충수업이 있는 날에도, 공휴일에도 언제나 피아노 앞에 앉아 있던 은가은이었다.

그 모습을 본 사람이라면, 그녀가 저곳에 있는 게 당연하다는 것에 누구라도 동의할 것이다.

"네 동생 진짜 대단하다야."

"에휴, 나도 일찌감치 학업 때려치우고 다른 거나 할걸. 혹시 모르잖아? 나도 예체능에서 재능을 발휘할지."

"쯧쯧… 넌 입에 풀칠이나 하면 다행일걸? 넌 노력을 안 하잖아. 노오력을!"

"아, 몰라! 노력도 재능이야 재능!"

"푸훗!"

은가윤은 은가은에 대한 친구들의 부러움과 칭찬이 자신의 일처럼 뿌듯했다.

그리고 은가은이 더 자랑스러운 이유는 따로 있었다.

"퀸 엘리자베스 콩쿠르라고 했던가? 이걸 3사 방송국에서 동시 생중계하는 건 최초 아니야?"

"응, 맞아."

한국인이 3대 국제 콩쿠르 파이널 라운드에 진출한 일은 피아노 외에도 몇 번 있었다.

때로는 우승 트로피를 쟁취한 적도 있었고 말이다.

하지만, 국내 대표 지상파 방송국에서 경쟁하듯 생방송을 송출하는 일은 처음 있는 일이었다.

당사자에게야 매우 의미 있고 가치 있는 콩쿠르라지만, 대중들은 관심이 없었으니까.

그러나 이번엔… 아니, 이제는 달랐다.

전 국민이 은가은의 이름을 알고, 전 세계가 은가은을 주목하고 있었다.

"와… 네버 캐스트도 시청자가 삼백만 명이야."

—유튜브 라이브 시청자 수가 천만 명이네요. 은가은 국위선양 ㄱㅆㅅㅌㅊ;;

—은가은도 은가은이지만, GCM 엔터가 대단한 거죠. 다 실패할 거라 비웃었던 MMF도 미국에선 이미 현실용과 어깨를 견주는 슈퍼스타가 됐죠.

—GCM 작곡가가 제일 대단한 거지. 미필이었으면 분명 군면제 줬을 듯 ㅋㅋ

—군면제 안 주면 우리나라가 병신이라는 증거 ㅇㅇ

—이미 병신인데???

—렉 봐라;;; 시청자가 삼백만인데 채팅 좀 자제하자 얘들아. 은가은 나오기도 전에 서버 터지겠다.

—네버 직원들 오늘 퇴근 못하겠네. ㅅㄱ한다고 전해줘라.

—님, 네버는 원래 24시간 불 켜져 있는 거 모름? ㅋㅋㅋ 내가 네버 본사랑 가까운 곳에 살아서 아는데 새벽에 회사 가보셈 ㄹㅇ임.

—에혀… 한국 IT업계가 다 그렇지 머…….

이렇듯 퀸 엘리자베스를 향한 세계인들의 관심은 사상 최고치를 기록했다.

그야말로 '전무후무(前無後無)'라는 말이 이 순간을 위해 존재한다고 해도 과언이 아니리라.

그렇게 모두가 퀸 엘리자베스 콩쿠르를 지켜보는 사이, 약 15분 정도의 시간이 지났을 즈음이었다.

이제 'Requiem For The Past.'를 연주할 차례가 온 것이다.

"후……."

그는 한숨이 절로 나왔다.

아마 어떤 파이널리스트라도 이 순간이 오면 자신처럼 떨림을 감추지 못할 것이라고 확신했다.

'2주 안에 이걸 익히라니. 가혹하군.'

가혹하든 어떻든 청중은, 심사 위원은 그런 처지를 이해해 주지 않는다.

그저 보이는 것을 평가하고 순위를 매길 뿐.

하지만 헨리 크레이븐도 이해하고 있었다.

'나에게 어려우면 남들도 어려운 법이다. 완벽하게는 못하더라도, 최대한 가깝게는 할 수 있을 거야. 누구보다 더.'

'Requiem For The Past'의 연주는 바로 이어졌다.

다소 음침한 분위기, 왠지 암울한 느낌의 멜로디가 청중의 홍미를 이끌어냈다.

베토벤 월광 소나타의 첫 연주를 들었던 사람들의 감동이 이러했을까.

관객들은 감탄을 금치 못했다.

“오오오…….”

그러나 무대 뒤편에서 모니터링을 하고 있는 파이널리스트들의 감상은 달랐다.

‘초반부터?’

‘틀렸군.’

‘나도 어려워했던 파트인데…….’

이후로도 종종 실수가 이어졌지만, 그의 실수에 마냥 좋아할 수가 없었다.

본인들이라고 같은 부분에서 실수하지 않을 것이란 확신이 없었으니까.

‘…칫.’

헨리 크레이븐의 무대가 끝이 났다.

‘아쉽군.’

청중은 박수를 보냈지만, 정작 헨리 크레이븐은 자신의 연주에 만족하지 못했다.

하지만 대회는 다시 칠 기회를 주지 않는 법.

그는 객석을 향해 인사를 하고는 무대를 내려갔다.

그리고 공교롭게도, 그의 바로 다음 차례가 은가은이었다.

여태껏 은가은과 헨리 크레이븐이 연속적으로 순서가 붙어서 배치되었다.

또한, 지금까지의 성적도 서로 1등과 2등인 탓에 묘하게 둘이 경쟁 구도가 된 느낌이 없지 않았다.

아니나 다를까, 좌중은 흥미로운 눈치를 숨기지 않았다.

특히 벨기에의 국왕과 그의 옆에 자리한 중동 아시아인이 더 그랬다.

"호오. 기가 막힌 우연이로군. 2등 다음은 1등의 공연이라."

국왕의 말에 아랍인이 물었다.

"저 피아니스트는 경력이 어떻게 되나?"

"음반 하나 있는 것 빼곤 사실 별것 없네. 경력에 비해 실력이 아주 뛰어나서 주목받고 있는 거지. 들리는 소문으로는 김세훈에게 피아노를 사사했다던데."

"그게 사실인가?"

적잖게 놀라는 그를 위해 벨기에의 국왕은 객석 한쪽을 검지로 가리켰다.

그 손가락이 가리키는 끝엔 현일 일행이 있었다.

"저기 중앙에 앉아 있는 자가 올해 신곡을 작곡한 작곡가라네."

"그렇구만."

그의 눈은 한동안 현일에게 멈춰 있었다.

"다음 차례입니다."

진행자의 멘트에 무대로 시선을 옮겼으나 그의 뇌리엔 현일의 이름이 남아 있었다.

'저자가 방금 곡의 작곡가란 말이지.'

공연이 끝나면 따로 만나봐야겠다고 생각하며 다시 무대로 시선을 옮겼다.

무대로 올라선 은가은은 심호흡을 하고는 피아노 앞에 앉았다.

'할 수 있어. 우승.'

'Requiem For The Past'는 2주 동안 이미 몇 번이고 연습했다.

적어도 헨리 크레이븐보다는 잘할 자신이 있었다.

'확신은 못 하지만.'

아무렴 어떤가.

설사 우승을 못 해도 그녀는 젊다.

다시 도전할 기회가 얼마든지 있다.

막말로 권위 있는 피아노 콩쿠르는 퀸 엘리자베스 말고도 두 개가 더 있지 않은가.

자신이 보여줄 수 있는 최대의 잠재력을 보여주면 될 뿐이다.

그녀는 그렇게 생각했다.

그리고 연주가 시작되었을 때부터 끝날 때까지, 현일의 미소가 끊이는 일은 없었다.

* * *

"이제부터는 피아노 공연도 종종 관람해야겠네요. 이렇게까지 대단한 줄은 몰랐는걸요?"

사라 테일러는 진심으로 감탄했다.

"가은이를 보면서 역시 GCM 엔터와 함께하기로 한 것은 제 인생에서 가장 훌륭한 선택이었다는 생각이 들었으니까요."

그녀의 바이올린에 대한 애착은, 다른 프로 바이올리니스트와 비교하자면 둘째가라면 서럽다.

직업의 문제를 떠나서 바이올린이라는 악기가 얼마나 관리하기 힘들고 비용이 많이 들어가는 악기인지를 생각한다면 거의 타의 추종을 불허하는 수준이었다.

물론 나고 자란 환경이 유복했던 덕분도 크긴 하지만, 그녀가 이렇게 말을 했다는 건 빈말로라도 의미가 있었다.

현일은 김세훈을 보며 물었다.

"콩쿠르는 만족하셨습니까?"

김세훈이 헛기침을 하곤 말했다.

"크흠. 내용도 좋고, 음악도 좋고, 무엇보다 가은이의 실력이 가장 좋더군."

"그렇군요."

언뜻 김세훈은 덤덤한 표정을 유지하고 있지만, 자세히 보면 자꾸만 입꼬리가 올라가려는 것을 참기가 힘들어 보였다.

이야기를 나누면서 잠시 기다리자 뒷정리가 끝난 은가은이 손을 흔들며 나타났다.

현일이 물었다.

"어땠어? 잘한 것 같아?"

누구보다 잘했다.

현일은 그렇게 생각했지만, 당사자가 직접 느낀 것을 듣고 싶었다.

은가은은 입술을 비틀고는 말했다.

"…잘 모르겠어요. 피아노 앞에만 앉으면 아무 생각이 없어지거든요. 사실 제가 뭘 하고 있는지도 모를 때도 많구요."

"영혼이 담긴 거로군."

"네?"

김세훈이 덤덤하게 자신의 감상을 늘어놓았다.

"영혼이 피아노로 옮겨간 거다. 내가 피아노고, 피아노가 곧 나인 듯한 감각이지. 난 그걸 영혼이 담겼다고 표현한다."

"아……!"

은가은은 머릿속에서 전구가 확! 켜진 것만 같은 기분이 들었다.

김세훈이 늘 입에 달고 살다시피 했던 '영혼'이라는 게 어떤 감각인지 깨달았기 때문이었다.

"이제야 선생님의 말씀을 좀 알 것 같아요."

그녀는 기분 좋게 웃었다.

김세훈도 이번만큼은 미소를 숨기지 않았다.

그도 은가은에게서 깨달음을 하나 얻었으니까.

선생님이라 불리는 것이 이렇게 기쁠 수도 있는 것임을 말이다.

"이제 다 같이 저녁이라도 먹으러 갈까요?"

* * *

"그럼 다들 재밌게 얘기 나누세요. 전 잠깐 볼일이 있어서."

저녁을 먹고 난 현일은 일행에게 미리 양해를 구하고 자리를 벗어났다.

그리곤 곧장 누군가에게 전달받은 장소로 향했다.

"기다리고 있었습니다. 저녁은 드셨습니까?"

그곳에 도착하니 정장의 사내들이 다가와서 이것저것 물어보며 어딘가로 안내해 주었다.

그리고 그곳에는.

"#$%&#%^*~"

가장 고급스러운 정장을 차려입은 채 두 팔을 벌려 환영 인사를 하는(것 같은) 남자가 있었다.

"만나서 반갑다고 하십니다."

현일은 고개를 끄덕이곤 말했다.

"저도 반갑다고 전해주세요."

왜 저런 석유 재벌이 자신을 보고 싶어 하는 것일까.

현일은 파이널리스트들의 공연이 끝나고 자신에게 다가온 경호원의 말을 들었을 때, 그런 의문이 들었다.

내심 호기심이 동했기에 여기까지 온 것이다.

우스갯소리로 황금 페라리를 아들에게 선물로 준다는 석유 재벌이 뭔가가 아쉬워서 자신을 해코지하기 위해 불렀을 리는 없을 테니까.

그는 이내 현일에게 다가와 악수를 청하며 영어로 말하기 시작했다.

"아랍 에미리트에서 무역회사를 운영하고 있는 세르다르 시넨이라고 합니다. 작곡가 최현일 씨."

'이것 참 거물이셨군.'

세르다르 시넨은 'OPEC'내에 강력한 영향력을 행사하는 기업의 CEO였다.

"한국에서 GCM 엔터테인먼트를 운영하고 있는 작곡가 최현일입니다."

"듣자하니 이번 파이널 라운드의 'Requiem For The Past'를 작곡한 사람이 당신이라죠?"

"마음에 드셨나 봅니다."

"들다마다죠. 아주 환상적인 곡이에요. 거의 베토벤이나 모차르트에 견주어도 손색없을 만큼."

"하하하……. 과찬이십니다. 운이 좋았을 뿐이에요."

"빈말이 아닙니다."

세르다르 시넨의 표정과 말투는 사뭇 진지했다.

현일은 왠지 이자를 만나게 된 것이 그저 한순간의 인연으로 끝나진 않을 거란 예감이 강하게 들었다.

단지 그의 압도적인 재력 때문만은 아니었다.

"정말 감명 깊게 들었습니다. 제가 작곡가님을 뵙자고 한 것은 다름이 아니라 바로 그것 때문입니다."

"무슨 말씀이십니까?"

"작곡가님을 은가은 씨와 같이 제 자택으로 초청하고 싶습니다. 거기서 제 가족과 친척, 친구들에게도 그 음악을 들려주고 싶군요. 물론 사례는 톡톡히 하겠습니다."

"날짜는 언제쯤으로 생각하시고요?"

"이번 주가 지나기 전이라면 언제든지 좋습니다. 그 이후로 하기엔 도저히 기다릴 수가 없을 것 같군요."

지금 여러 국가의 공연장에서 은가은의 공연 섭외가 빗발치고 있었다.

아직 심사 결과의 발표까진 기간이 남았지만, 대스타디움의 주인이 제 발로 찾아와서 콩쿠르 이후의 첫 무대는 제발 여기서 해달라고 애원을 해도 과언이 아닌 상황이었다.

그런 공식적인 경력을 제쳐두고 그의 저택에서 공연을 하는 것이 나을지 따져보았다.

현일의 고민하는 기색을 읽은 세르다르 시넨이 말했다.

"무엇이든 원하는 것을 말씀해보세요. 다 들어드리겠습니다."

'가능한 선에서 최대한'도 아니고, '다' 들어준다니.

과연 저런 제안을 할 수 있는 사람이 세상에 몇이나 있을까.

"생각해 보겠습니다."

"그렇게 하십쇼. 피아니스트 분의 의견도 들어보셔야 할 테니."

그가 자신의 명함을 건네주었다.

"아침에 바로 떠날 겁니다. 말씀드렸듯이 꼭 이번 주가 지나기 전에 연락주시면 감사하겠습니다."

"알겠습니다."

"아, 참. 타고 온 전용기는 두고 가겠습니다. 올 때 타고 오십쇼."

"하하, 그러지 않으셔도 되는데."

"아닙니다. 사실 제가 작곡가님을 찾아갔어야 했는데, 귀찮게 했으니 이 정도는 해야죠. 그럼 다음에 봅시다."

"예."

세르다르 시넨 정도 되는 사람이 한가하지도 않을 텐데 이렇게까지 말하는 걸 보면 'Requiem For The Past'가 어지간히도 마음에 든 모양이었다.

사실 그럴 만도 했다.

'전설 등급 음악이니까.'

무슨 소원이든 '다' 들어주겠다는 말.

그의 입지를 생각하면 충분히 가치가 있었다.

'사실 고민할 필요도 없지.'

그래도 은가은의 의향이 궁금하긴 했다.

그래서 그녀에게 물어보았다.

어차피 그녀의 성향을 생각하면 대답은 이미 정해져 있지만 말이다.

"어떻게 할래?"

"당연히 가야죠! 세상에 그런 기회가 또 어딨다고!"

은가은이 들뜬 목소리로 말을 이었다.

"한국에 사는 평범한 사람이 언제 석유 재벌의 사옥에 들어가 보겠어요? 분명 세상에서 제일 좋은 호텔보다 열 배는 더 뛰어날 거라고요."

"그렇겠지."

현일은 세르다르 시넨이 줄 '사례'도 기대보다 열 배는 더 뛰어나길 바라며 고개를 끄덕였다.

다음 날, 연락을 한 뒤 짐을 챙기고 공항으로 향했다.

현일과 은가은은 각각 자신의 집으로, 또는 공연을 위해서 한국으로 갈 준비를 끝낸 김세훈과 사라 테일러와 인사를 나누었다.

자초지종을 듣던 사라 테일러의 눈이 번쩍 뜨였다.

"세르다르 시넨이요? 와우……. 그는 정말 상상도 못 할 선물을 안겨줄 거예요. 일생일대의 행운이라고 봐도 좋답니다."

"그렇군요."

"우와. 그 정도예요?"

"그 정도랍니다."

그녀의 말은, 세르다르 시넨에게 소식을 전하기 위해 연락을 했을 때부터 실현되었다.

Chapter 11
원하는 것

"이쪽입니다. 작곡가님."

세르다르 시넨이 일부러 두고 간 그의 수행원이 현일에게 찾아와 현일과 은가은을 안내해 주었다.

현일은 세르다르 시넨과 전화를 하며 수행원을 따라 발걸음을 옮겼다.

—오실 때 전용기 타고 오실 거죠? 그거 나중에 돌아가실 때 가져가세요.

"…예?"

현일은 일순간 자신의 귀를 의심했다.

—오늘부로 그 전용기는 작곡가님 소유입니다.

"……."

현일은 할 말을 잃었다.

그도 그럴 것이, 그 전용기의 실체를 직접 눈으로 보고 있었기 때문이었다.

취미로 조종하는 레저용 비행기 같은 것과는 비교를 불허했다.

"이거… A380아닙니까?"

초대형 항공기인 A380.

현일도 비행기에 대해 잘 알고 있진 않지만, 이건 모를 수가 없었다.

꼬리 날개와 머리 부분에 'A380'이라고 큼지막하게 적혀 있으니까.

주위의 다른 비행기와는 달리 항공사의 브랜드가 적혀 있지 않다는 점이 큰 차이점이었다.

아무튼 이 비행기는 사실상 하늘을 날아다니는 저택이라고 봐도 무방한 수준이었다.

아닌 게 아니라, A380은 본래 인구가 많은 국가에 적합한 항공기다.

최대한 많은 인원을 수용할 수 있도록 설계한 만큼, 전체를 이코노미석으로만 채우면 1,000석에 달하는 자리를 확보할 수 있다.

하지만 이건 전용기다.

거부(巨富)가 원할 때면 언제든 원하는 사람만 태우고 외국으로 출국하기 위해서 구입하는 전용기.

당연히 이코노미석 같은 게 존재할 리 없다.

그렇다면 그 안은 대체 무엇으로 채워져 있을까.

—부디 거절하지 말아주십쇼. 제 고집에 기꺼이 응해주신 작곡가님께 드리는 소정의 선물이라고 생각해 주시면 감사하겠습니다. 안에 필요한 사람은 다 있으니 불편한 점은 없을 거요.

별것 아니라는 듯이 '소정의 선물'이라고 말하는 세르다르 시넨의 말투가 더 놀라울 따름이었다.

'못해도 사억 달러는 될 텐데?'

단순히 출고가로만 쳐도 말이다.

지금의 현일에게도 4억 달러는 쉽사리 부담할 수는 없는 액수였다.

—한 번밖에 안 탔으니 깨끗할 겁니다. 그럼 저의 선물이 마음에 드셨기를.

'한 번이라…….'

이번 벨기에 여행 때 말곤 탄 적이 없다는 뜻.

거의 새것이나 다름없다는 뜻이기도 했다.

현일도 거절하진 않았다.

안 그래도 최근에 잦은 출국으로 전용기의 필요성을 느끼기도 했거니와, 구태여 거절할 이유도 없었다.

GCM 엔터가 클수록 세르다르 시넨 같은 배경이 필요할 때도 있을 터.

'솔직히 갖고 싶기도 하고.'

세르다르 시넨이 아니면 대체 그 누가 있어서 4억 달러짜리 비행기를 아무렇지도 않게 선물로 줄 수 있을까.

'절대 없지.'

사우디 왕자쯤 되면 몰라도.

현일은 확신하듯 고개를 끄덕이곤 내려온 계단에 발을 디뎠다.

입구에서 현일을 기다리고 있던 제법 미인인 승무원이 소개하기 시작했다.

"안녕하십니까. A380 전용기의 안내를 도와드릴 미케르 펠라이니입니다. 잘 부탁드립니다."

"감사합니다. 앞장서시죠."

"네."

"헐……."

그렇게 안으로 들어서자마자 은가은은 저도 모르게 헛바람 섞인 감탄사를 내뱉었다.

비행기의 1층에서 제일 먼저 마주한 것은…….

"식당?"

그렇다.

비행기에 식당이 있는 것이다.

고급스러운 1인용 소파 20석이 테이블 주위에 놓여 있었다.

다음 플랫폼에는 파티장이, 그다음에는 바가 있었고, 그 중앙에 작은 무대가 있었다.

1층 마지막 플랫폼에는 동승자들을 위한 '방'이 있었다.

'좌석'이 아니라, '방'이 있는 것이다.

2층 역시 동승자를 위한 몇 개의 방이 있었다.

다음 칸 중앙엔 전용기의 주인을 위한 좌석이 있었고, 양옆에 경호원이 한 명씩 서 있었다.

가볍게 인사를 하고는 그들을 지나쳤다.

"와! 여기 공연장이 있어요. 그랜드 피아노도 있네요!"

은가은이 호들갑을 떨어댔다.

그녀의 말대로 빙 둘러싼 소파의 중앙에 무대가 있었는데, 몇 가지 악기들이 구비되어 있었다.

'음악을 정말 좋아하는군.'

소속 뮤지션을 데리고 다닐 때 여기서 연습을 시키면 될 것 같았다.

'설마 악덕 사장 소리를 듣진 않겠지? 음. 그럴 리가 없어.'

피아노만 보고도 눈을 빛내는 은가은이 현일의 생각에 확신을 주었다.

…물론 그녀의 케이스만 보고 판단할 수는 없지만 말이다.

어쨌든 주인 전용의 특실 방과 큰 욕조가 딸린 욕실까지 확인한 현일은 만족스러운 미소를 지었다.

실사용을 위해 옷을 정리하던 현일에게 한 가지 고민거리가 문득 떠올랐다.

'근데 이거 세금은 얼마나 나오는 거지……?'

*　　　*　　　*

"하하하, 살다 보니 이런 일도 다 있네요."

—크으… 너무 부럽습니다.

"UAE에서 볼일 보고 바로 한국에 찾아뵐게요."

—예? 가장 먼저 태워주시는 겁니까?

"아유, 그럼요. GCM 엔터를 위해 누구보다 애써주시는 분인데."

—하하하!

말은 이렇게 했지만, 한국에서 제일 먼저 타는 건 이미 한지윤으로 정한 후였다.

'이렇게까지 노골적으로 부러워하는 한 대표님은 처음인데?'

언제나 침착하던 그의 색다른 모습을 발견하니 감회가 새로웠다.

'그나저나 좋긴 좋구만. 유지비 걱정도 없고.'

이륙하기 전에 인사했던 파일럿의 말에 따르면, 세금과 유류비 등의 전용기 유지 비용과 직원들의 월급까지 모두 처리가 되어 있다고 한다.

향후 최소 10년 동안은 돈 한 푼 들이지 않고 얼마든지 탈 수 있다고도 덧붙였다.

기내의 승무원부터, 요리사, 기장까지 10년 동안 현일을 따라다니는 조건이니 인건비도 어마어마하리라.

현일에겐 다행스럽게도 생각해 둔 비용은 다른 곳에 써도 될 것 같았다.

'일단 비행기 외부에 회사 상표부터 대문짝만 하게 써놔야겠어.'

이런저런 생각을 하며 두바이 국제공항에 도착한 비행기에서 내렸다.

"오, 웰 컴! 웰 컴!"

의외로 세르다르 시넨이 직접 공항까지 나와서 현일과 은가은을 기다리고 있었다.

"어서 갑시다. 제 식구들이 기다리고 있으니."

*　　　*　　　*

아랍 에미리트, 아부다비.

방 3개 있는 집의 월세가 5천 달러를 상회하는, UAE의 수도 아부다비.

그 300평짜리 땅에는 4층 높이의 대저택이 지어져 있었다.

"대문은 순금인가요?"

현일의 질문에 세르다르 시넨이 고개를 끄덕였다.

"떼 가면 경찰이 지구 끝까지 쫓아갑니다. 하하하!"

"하하하……."

왠지 그저 농담이 아닌 것 같다는 느낌이 들었다.

"아무튼 먼 길 오느라 피곤하실 텐데 오늘은 편히 쉬십쇼. 필요한 거 있으시면 안에 벨 누르시고요."

"네."

밤이 되어 손님용 객실에서 하루를 보내고 나오니.

"응?"

시큰둥한 표정으로 자신의 옷을 집으며 답답함을 표현하는 은가은의 모습을 볼 수 있었다.

"집 안에서도 항상 아바야(얼굴과 손발을 제외한 온몸을 가리는 검은 망토 모양의 이슬람 전통 의상)를 입고 있어야 된대요."

"그렇구만."

"그나마 에어컨이 빵빵해서 다행이지만."

여름에 저런 걸 입고 다니는데 왜 쪄죽지 않는 걸까.

이내 상념을 털어내곤 은가은과 함께 저택 내 공연장으로 향했다.

공연장은 음악을 좋아하는 주인장의 취미를 대변하듯 저택 내 모든 곳 중에서 가장 넓은 규모를 자랑했다.

비록 공연장에 비할 바는 아니지만, 구비된 소품만큼은 전문 공연장에 전혀 뒤지지 않았다.

'오히려 더 좋은데?'

그다음으로는 넓은 공연장을 북적거릴 정도로 모여든 사람들의 면면을 살펴보았다.

'이건 뭐…….'

말로만 듣던 상류층의 사교회라는 것일까.

아부다비의 정재계 인사들이 거의 다 모여 있는 것 같았다.

"미스터 최."

"시넨."

세르다르 시넨을 필두로 하나, 둘씩 현일에게 다가와 악수를 청했다.

"이분이 오늘의 VIP 손님이십니다. 사실 오늘 연회를 열게 된 것도 모두 이분 때문이죠."

그의 말에 좌중은 호기심을 보였다.

'누구지?'

'동양의 거물 인사인가?'

'시사나 경제 뉴스에서 본 적은 없는 것 같은데.'

좌중은 세르다르 시넨의 이어질 말을 기다렸다.

"한국 출신의 작곡가이십니다. 사실 퀸 엘리자베스 콩쿠르가 중요한 일정과 겹쳐 있어서 가기 전에 상당히 고민했었습니다. 그러다 결국 갔죠. 단언컨대 그것은 제 인생 최고의 결정이었습니다."

그의 말이 이어졌다.

"아마 제가 가지 않았더라면, 어쩌면 평생 이런 대단한 작곡가를 모르고 살았을지도 모릅니다. 이 작곡가님께서 쓰신 곡을 평생 모르고 살다가 죽었을지도 모릅니다. 그렇게 생각하면 진심으로 소름이 끼칩니다."

어느새 공연장 내의 모든 사람이 세르다르 시넨에게 주목하고 있었다.

"그렇기에 오늘 제가, 그리고 여러분이, 무엇보다 이 작곡가님이 이 자리에 있는 것은 실로 거대한 행운이 아닐 수 없습니다. 살아생전에 'Requiem For The Past'를 라이브로 들을 수 있다는 것이 말입니다."

"그 정도란 말이야?"

"의외로군."

"곡이 정말 좋은가 보네. 기대되는데."

사람들은 제법 놀라고 있었다.

여태껏 세르다르 시넨이 연회를 열면서 음악가를 초청하는 일은 흔히 있었던 일이었다.

하지만 특정 음악가의 음악을 듣기 위해 사람들을 초대한 적은 단 한 번도 없었다.

높으신 분들 데려다 놓고 '우리 같이 음악이나 들읍시다!' 할 수는 없지 않은가.

그들도 그것을 잘 알고 있었기에, 기대감은 한껏 깊어졌다.
곧이어 은가은이 무대에 나타났다.

*   *   *

공연이 끝나고도 파티는 한동안 지속되었다.
대부분 현일과 안면을 익히기 위해 남아 있는 것이었다.
그도 그럴 것이…….
"이야, 정말 끝내주는 공연이었습니다."
"세상에 이런 음악이 존재한다니."
"정말 그 노래를 모르고 살았다면 억울할 뻔했네요."
"소름 돋았습니다."
다들 한 마디씩 하고 돌아갔다.
그저 예의상 하는 말이 아니란 것을 현일은 알 수 있었다.
파티가 끝나고 난 뒤, 세르다르 시넨이 본론을 꺼냈다.
"그럼 원하는 것을 말씀해 보세요. 생각해 둔 것은 있겠죠?"
현일은 대답하는 대신, 은가은을 보았다.
"네? 저요?"
"혹시 원하는 거 있어?"
"어… 음……."
딱히 생각해 본 적이 없었다.
"아무거나 생각해 봐. 초콜릿 빼고."
"정말 아무거나 괜찮은 거예요?"
"그래. 부담 갖지 말고 확 질러 버려."

물론 현일도 생각해 둔 것은 있었다.

세르다르 시넨의 투자만큼이나 든든한 것이 또 있을까.

하지만 전용기도 받았고, 지금 여기에 있는 것도 그녀의 공이 어느 정도 있으니 그것을 감안해 줄 생각이었다.

결국 고민 끝에 은가은이 입을 열었다.

"저는… 공연장을 원해요."

"공연장?"

세르다르 시넨이 흥미로운 눈빛을 띄었다.

'제법인데.'

현일의 입가에도 호선이 그려졌다.

"네. 저뿐만 아니라, GCM 엔터의 뮤지션들이 언제든지 마음대로 공연할 수 있는 그런 곳."

현일이 끼어들었다.

"세상 어느 공연장에 견주어도 뒤지지 않을 만큼."

세르다르 시넨이 시원스럽게 웃었다.

"암. 누가 세운 건데 당연히 그 정도는 되어야지 않겠습니까? 하하하!"

"하하하!"

다음 날.

아부다비에 세상에서 가장 크고 호화로운 GCM 엔터 전용 공연장의 건설이 계획되었다.

전용기와 마찬가지로, 공연장 또한 필요성을 느끼고 있었다.

한 번의 인연으로 두 가지의 큰 과제가 해결된 것이다.

세르다르 시넨과의 만남은 전설 등급의 여파가 얼마나 대단한지 새삼 실감한 시간이었다.

"완공까지 얼마나 걸릴까요?"

"글쎄? 한 2년 걸리지 않을까?"

"으음."

"왜? 너무 멀어?"

2년쯤이야 금방 간다.

"그게 아니라, 과연 사람들이 공연을 보러 아부다비까지 올까요?"

"왜 안 오겠어?"

세계에서 제일 크고 호화로운 공연장은 그 자체로 관광자원이다.

그런 면에서 한국에 없는 것이 아쉽긴 하지만 뭐 어떤가.

미래에 더 크고 멋진 공연장을 지으면 될 뿐이다.

"네가 오고, 맥시드가 오고, MMF가 오는데."

"그럴까요? 히히."

일일이 다 읊고 싶었지만, 현재 유럽과 북미에서도 유명한 아티스트로 일축해 두었다.

'아마 첫 공연의 주인공은 은가은일 거고, 그다음은 MMF가 되겠지.'

하루 동안 아부다비를 관광하고, 아쉬운 마음을 뒤로한 채 전용기에 몸을 실었다.

줄을 서지 않아도 되는 것과 이륙 시간에 맞추지 않아도 되는 건 정말 편리했다.

눈을 붙이고 나니 한국에 도착해 있었다.
“그럼 다음에 봬요.”
“그래. 재밌게 놀아라. 단것 너무 많이 먹진 말고. 살찐다.”
“안 찌거든요?”
은가은에게 휴가를 주고 곧바로 GCM 엔터의 사옥으로 달려가 한지윤을 기다렸다.
몇 시간 기다렸을 즈음, 그녀를 볼 수 있었다.
“작곡가님!”
두 팔을 벌리자 한달음에 달려와 품에 안기는 한지윤.
이럴 때 보면 정말 귀엽고 사랑스러운 강아지 같았다.
“잘 지냈어?”
“아니요.”
“무슨 일 있어?”
현일은 그녀를 떼놓고 걱정스러운 얼굴로 물었다.
그러자 한지윤이 ‘피’ 소리를 내며 새침하게 대답했다.
“맨날 다른 사람 데리고 언제 돌아올지도 모르는 외국에 갔다 오고… 어떻게 잘 지내란 거예요?”
“윽.”
현일은 능청스럽게 웃고는 한지윤을 뒤에서 안았다.
그리고 입을 그녀의 귓가에 붙이고는 속삭였다.
“기다리느라 힘들었구나. 우리 지윤이.”
“……”
그녀의 얼굴이 귀까지 붉어지고 있었다.
배 부근에 위치한 현일의 손 위에 자신의 손을 포개놓은 채

손가락만 연신 꼼지락거렸다.

"한 반년 동안 아무것도 하지 말고 둘이서 여행이나 갔다 올까?"

그 제안엔 순간 혹해서 고개를 끄덕일 뻔했으나 그녀는 현일이 그렇게 한가로운 사람이 아님을 잘 알고 있었다.

"하지만 작곡가님은……."

"바쁘니까?"

현일이 한 손을 떼어 작업실의 문을 잠갔다.

반대쪽 손이 그녀의 몸을 타듯 유유히 위로 올라가기 시작했다.

그러고는 자신의 얼굴을 그녀의 목덜미에 묻었다.

"힉……! 여, 여기서요……?!"

"응."

"자, 잠깐……."

"아무도 없잖아?"

"그래도… 최소한 집에서……."

"싫어. 여기가 아니면 안 돼."

"뭐예요. 그게……."

점점 작업실의 공기가 더워지기 시작했다.

* * *

인천 국제공항.

"짠!"

한지윤의 눈을 가리고 있던 현일의 손이 치워졌다.

"저, 저게 뭐예요……?"

약 한 달 후, 도색이 끝난 현일의 전용기가 그녀의 앞에 모습을 드러내었다.

'GCM Ent.'라는 글자가 붉게 칠해진 A380의 웅장한 자태는 여느 항공사의 비행기 옆에 갖다놔도 위용이 흐려지지 않았다.

"우리 전용기. 어때?"

"와……."

"타보면 더 놀랄 거야."

"그 정도인가요?"

"그럼. 기자들 물리치느라 꽤 힘들었어."

GCM 엔터의 법인 비행기가 생겼다는 소식이 알려지자마자 각 언론사에서 취재하고 싶다고 난리를 쳐댔다.

특히나 세르다르 시넨에게 선물로 받은 것이란 사실이 퍼졌을 때, 그들은 경악을 금치 못했다.

이 세계의 거대한 자본과 사적인 친분이 있을 정도로 현일이 거물이란 인식이 뇌리에 자리 잡힌 것이다.

이내 둘은 비행기에 올라섰다.

예의 그 승무원이 둘을 안내해 주었다.

한 칸씩 지날 때마다 한지윤은 연신 감탄사를 내뱉었다.

"여기가 특실이야."

온갖 인테리어부터 침대보, 베개에 이르기까지 어느 하나 명품이 아닌 것이 없었다.

"와아……."

안에 있는 것들을 몇 번 만지작거리다가 이내 그녀는 변장을 벗어던지기 시작했다.

한지윤 특유의 피지컬을 숨기기가 여간 쉬운 일이 아니기에, 상당히 불편했으니까.

"어휴, 더워라."

"에어컨 틀어줘?"

"샤워부터 하고 싶어요. 욕실부터 써보고 싶어서요."

그녀의 젖은 머리칼이 목덜미에 달라붙어 있었다.

그 모습이…….

"같이할까?"

그녀는 두 뺨을 붉게 물들이며 수줍게 고개를 끄덕였다.

"……네."

"정말 너무 귀엽다니깐."

현일은 그녀를 잽싸게 공주님 안듯이 안아들고는 후다닥 욕실로 뛰어갔다.

"꺄!"

잘됐다.

꼭 해보고 싶은 게 있었는데.

* * *

일 년 후.

약 반년 정도 한지윤과의 해외여행을 마쳤다.

정말 행복한 순간들이었다.

'나중에 꼭 시간 내서 영서랑도 가야지.'

나머지 반년은 눈코 뜰 새 없이 바쁜 나날을 보냈더니, 어느덧 1년이란 세월이 흘렀다.

꼬리가 길면 밟힌다고 했던가.

결국 한지윤과의 열애를 들키고 미디어와 맥시드의 팬들은 현일에게 도둑놈이라며 떠들어대긴 하지만, 덕분에 좋은 점도 있었다.

더 이상 남의 눈치를 안 봐도 된다는 것 말이다.

"작곡가님. 아~"

"아~"

한지윤이 손수 떠먹여 주는 도시락을 배부르게 먹어치운 현일은 팀 3D의 따가운 눈총을 뒤로 하고 작업실을 나섰다.

안시혁이 투덜거렸다.

"참 내. 대표란 양반이 회사에서 저래도 되는 건가?"

"다른 사람들 있는 데선 안 하니까. 뭐."

"근데 왜 여기선 하는 거냐고! 저 도둑놈 자식!"

"나야 모르지."

"나도 여자친구만 있었으면……."

"맨날 작업실에 틀어박혀 있는데 있을 리가 없지."

안시혁은 자신의 신세를 한탄했다.

"어렸을 때 엄마가 커서 돈만 잘 벌어도 여자가 줄을 선다고 했던 말을 믿었는데. 왜 나는……."

"아이고, 의미 없다."

"…쳇."

한편, 청담동으로 향한 현일은 사내를 둘러보았다.

"쳐낼 사람 쳐내고, 들여올 사람 다 들여왔습니다. 이제 진짜 GCM 엔터가 된 느낌입니다."

한준석 사장이 자신감 넘치는 목소리로 말했다.

일 년 전만 해도 청담동 지사는 여전히 SH 엔터이던 시절의 흔적이 많이 남아 있었는데, 이젠 완전히 GCM 엔터의 색으로 물들었다.

회사 건물도, 직원들도, 소속 뮤지션들도.

지나가는 사람들 모두가 현일을 반겼다.

그리고 모두가 현일의 곡을 원했다.

이게 바로 자신이 그토록 꿈에 그리던 것들 아닐까 하고 현일은 생각했다.

"GCM……."

작게 읊조리는 현일의 모습에 한준석이 의아한 표정으로 물었다.

"왜 그러십니까?"

현일이 피식 웃고는 되물었다.

"한 대표님은 혹시 'GCM'이 무슨 뜻인지 아시는지요?"

"우리 회사의 브랜드 네임… 그 이상으론 생각해 본 적 없는데요. 직접 'GCM'이라 지은 본인의 말씀을 들으니 궁금하긴 하네요. 무슨 뜻입니까?"

"'Grand Composition Master.' 위대한 작곡가라는 뜻이에요. 유튜브 아이디 만들 때부터 쓰던 건데, 법인 차릴 때도 고민도 안 하고 저질러 버렸죠. 솔직히 지어놓고 민망해서 나중에 후회하기도 했었는데."

"지금은요?"

"역시 GCM으로 하길 잘했다는 생각이 듭니다."

한준석이 슬며시 미소를 지었다.

"잘 어울립니다."

"하하하."

한준석이 그렇게 말해주니 확신이 들었다.

역시 잘한 선택이었다고.

"그나저나 아부다비 공연장은 어떻게 돼가고 있죠?"

"절반 정도 공사가 진행되었습니다. 그쪽으로 출장 갈 직원들도 선발 중입니다."

현지에서 일할 직원은 모두 외주보단 자사 직원으로 선별할 예정이었다.

한 번 가면 거기서 5년을 살아야 한다.

처음엔 가겠다는 사람이 없으면 어쩌나 했는데, 기본 월급에 3천 달러 정도 더 얹어주겠다고 하니 경쟁이 아주 치열했다.

"아발란체 공연은 최대한 우리 아티스트 위주로 잡아주세요. '이 그룹이나 그 가수는 무조건 전석 매진이다!' 이 정도가 아니면."

"물론이죠."

아무래도 세계 최대 규모의 공연장인 만큼 북미의 메이저 레이블에서 정기적인 T/O를 요구하고 있는 실정이었다.

심지어 한국의 타 기획사에서도 숟가락 하나 얹어보려고 눈치를 보는 경우도 있었고 말이다.

'택도 없지.'

MMF도 다음 공연은 일 년 뒤 아부다비에 위치한 GCM 엔터 1호 공연장, '아발란체(Avalanche)'에서 예정되어 있기 때문에 신보 작업에 한창이었다.

"전속 작곡가들은 할 만하답니까?"

이곳에 들린 가장 큰 목적은 최근부터 채용을 시작한 작곡가들이었다.

GCM 엔터의 곡은 모두 GCM 엔터가 만드는 것이 모토였기에, 이곳의 작곡가들은 모두 전속이었다.

"네. 본사로 가려고 아주 혈안이 되어 있더군요."

몇몇 우수한 작곡가들을 뽑아 본사로 보내면 팀 3D의 밑에서 일하게 될 예정이다.

해외에 설립한 지사도 안정 궤도에 오르면 현일이 손대지 않아도 GCM 엔터는 잘 굴러갈 것이다.

그때부터는 경영은 모두 한준석에게 맡기고 작곡에만 매진할 수 있을 것이고 말이다.

"준비하고 계신 곡은 있으십니까?"

"슬슬 아발란체를 홍보할 때가 됐죠."

"과연."

기껏 공연장을 만들어놓고 정작 존재를 아는 사람이 없으면 안 되는 법.

"방송국에 광고 따내고 홍보용 음악을 작업해야죠. 아주 뇌리에서 떠나가지 못하게."

"언제나

현일은 이런저런 일을 하면서도 마음속에선 언제나 자신의 본분을 잊지 않았다.

'내 본질은 작곡가다.'

아무런 걱정 없이 음악을 만들고, 그 음악을 세상에 내놓을 수 있게 하는 것이야말로 현일의 꿈이었다.

'이젠 거의 다 이뤘지. 굳이 또 하나 있다면…….'

현일은 슬쩍 메시지를 봤다.

[더욱 유명해지십시오. 명성을 쌓아서 올리십시오. 그러면 당신이 만든 작품의 진가를 누군가는, 어떻게든 알아줄 것입니다.]

[현 인구의 50% 이상이 당신의 존재를 알게 하십시오. 51/100]

공교롭게도 '아발란체'의 공사가 50% 정도 진행되었을 때쯤 이 메시지도 떠올랐다.

일단 유명해지면 똥을 싸도 박수를 쳐준다고 했던가.

현일은 이 메시지가 떠올랐을 때, 그 즉시 알아차렸다.

바로 이것이 '신화' 등급을 해금하기 위한 마지막 과제라는 것을.

'현 인구가 74억이고, 지금 51%니까… 그럼 대충 18~19억 명 정도가 날 알고 있다는 뜻인 거구나.'

웬만한 일국의 대통령이라 할지라도 그 정도 규모의 사람들이 알고 있진 않을 것이다.

'문화의 승리란 건가.'

그렇게 생각하니 피식 웃음이 나왔다.

"왜 그러십니까?"

"좋은 일이 있어서요."

"좋은 일?"

"아마 내년에는 아주 좋은 일이 일어날 것 같습니다."

"이 이상 좋은 일이 있는 겁니까?"

"그러게 말입니다. 하하하."

언젠가 신화 등급의 음악을 만들고 나면, 그때는 길게 쉬어도 될 것 같다.

해변가에 활주로와 선박장이 딸린 저택을 짓고, 작은 전용기와 큰 요트를 사서 한지윤과 유유자적 살고 싶다.

그런 소망이 현일에게 생겼다.

Chapter 12
작곡가 최현일

직원들도 모두 업무와 대우에 만족하고, 현일의 주변 사람들 얼굴에선 웃음이 끊이지 않았다.

정말로 대단한 성공을 이뤘다는 게 실감이 났다.

'이제 정점까지만 달리면 된다.'

그러기 위해선 자신을 알려야 한다.

현일로서는 생각해 보면 참 아이러니한 노릇이었다.

한때는 행여 귀찮은 일이 생길까 싶어서 알려지기 꺼려했던 자신이, 이제는 명성을 위해 고군분투하다니 말이다.

작곡가가 되고 싶다면, 작사가가 되고 싶다면, 뮤지션이 되고 싶다면.

완공되었을 때의 예상되는 모습을 CG로 만들어 보여주고, MMF의 공연 영상을 짜깁기해 팬들이 손을 들어 올리며 환호를 지르는 모습이 주된 장면이었다.

이제 이 광고는 며칠 후면 현일이 작곡한 음악이 삽입되어 한국, 중국, 일본, 미국, 유럽 등등 전 세계의 TV와 유튜브 같은 미디어 매체에서 흘러나오게 될 것이다.

그 뒤엔 'GCM Entertainment'라는 글자가 화면 속 새하얀 배경 안에서 붉게 빛났다.

SH 엔터의 상표가 푸른색이었다는 것이 떠오르니 참 묘했다.

'의도한 건 아니었는데 말이지.'

어찌 됐든 공연장 '아발란체'의 광고는 제법 멋있었다.

'이제 거의 다 왔다.'

여기까지 10개월이 지났다.

지금껏 한국 GCM 소속의 가수들에게 신경을 썼으니(MMF, 은가은처럼 외국에서 주로 활동하는 아티스트들은 GCM 해외 법인으로 소속을 옮겼다.) 슬슬 아발란체 공연 기획을 시작할 때였다.

[현 인구의 50% 이상이 당신의 존재를 알게 하십시오. 84/100]

'84%라…….'

정말로 거의 다 왔다.

이미 현일의 유튜브 구독자 수도 5억에 가까워지고 있었고, 전체 영상 평균 조회 수는 3억에 달했다.

기네스 랭킹 1위는 달성한 지 오래였다.

구독자 수 2위가 5,500만이 조금 안 되니, 실로 어마어마한 격차였다.

실제로 매매가 이뤄질 일은 없겠지만, 만약 현일의 유튜브 아이디를 현금 가치로 환산한다면 한화 기준으로 조 단위는 거뜬하리란 것이 경제학 교수들의 견해였다.

때문에 현일은 유튜브의 광고 수익도 따로 계약할 권리가 있었다.

어느 기업체든 현일의 유튜브 영상에 광고를 달기 위해선 GCM 엔터에 따로 어마어마한 로열티를 지불해야 했다.

음반 수익, 음악 저작권료 수익, 공연 수익, 2차 상품 수익… 수많은 분야에서 창출되는 수익들이 모두 GCM 엔터의 튼튼한 기반이 되어주었다.

'아예 백 층짜리 GCM 타워를 만들어 버릴까?'

비록 농담 반 진담 반이었지만 실현은 충분히 가능할 정도였다.

*　　　*　　　*

3개월 후.

[아부다비 국제공항과 두바이 국제공항으로 가는 비행기, 연일 만원!]

[공항 측, '이 정도로 붐볐던 적이 없었다.']

[원인은 공연장 '아발란체'의 개장식!]

대망의 아발란체 공연장 개장식이 다가왔다.

각국에서 아부다비 국제공항으로 가는 비행기를 잡을 수가 없어 두바이 국제공항으로라도 오려는 사람이 많았다.

심지어 그마저도 잡지 못해서 안달인 사람도 많았다.

그 누가 예상이나 했겠는가.

"여기요! 저도 하나 주십쇼!"

"두 장… 아니, 여섯 장 주세요!"

"당신! 혼자 왔으면서 왜 그렇게 많이 사는 겁니까?!"

"남이야 몇 장을 사든 뭔 상관이요?!"

"암표 팔이 하려는 거 누가 모를 줄 알아?!"

"한 사람당 한 장이 원칙입니다. 손님."

설마 공연장 관람권을 현장에서 선착순으로만 팔 줄이야.

사실 주최 측인 GCM 엔터도 이 정도로 뜨거운 반응을 보일 거란 예상은 하지 못했다.

급기야 얼른 경비원들을 따로 고용해서 사람들을 통제해야 했다.

또한, 몇 주에 걸쳐 티켓을 팔았기 때문에, 미리 사놓기 위해서 첫날 아부다비에 왔다가 귀국한 뒤 공연 당일 날이 되어 다시 오는 경우도 예사였다.

"안녕하세요."

"반갑습니다. GCM 작곡가님."

"정말 대단하시군요."

"CM송에 이끌려서 왔어요."

"광고 패널 남는 자리 있습니까?"

한편, 현일은 여기저기서 해오는 인사를 받느라 정신이 없었다.

공연장에 광고를 단 스폰서부터 대형 레이블 소속 아티스트와 임원의 인사까지 받아주고 난 뒤 MMF를 볼 수 있었다.

남선호가 기쁜 표정으로 말했다.

"설마설마했는데 정말로 전석 매진이 되다니… 아마 이런 말도 안 되는 건 작곡가님밖에 못 할 겁니다."

10만석에 달하는 규모의 공연장.

사실 규모만 보면 공연장이라기 보단 스타디움에 가까웠다.

그것도 웬만한 스타디움조차 뛰어넘는다.

그러나 엄연히 스포츠 경기가 아닌 뮤지션들의 공연을 위해 설계되고 지어진 건물이었다.

그렇기에 많은 사람들이 비관했다.

'무모한 짓이다.'

'실패할 것이다.'

'돈을 갖다 버리는 짓이다.'

라고 말이다.

그러나 이렇게 보란 듯이 성공해 보였다.

단순한 성공이 아니라, 개장 후 첫 공연이 전석 매진이라는 기염을 토하지 않았나.

"다 MMF가 와서 공연하니까 그런 거죠."

말은 그렇게 했지만, 솔직히 기분은 좋았다.

"에이, 그런 말씀 마세요. 우릴 키워주신 분이 누군데요."

"선전 음악의 공로가 컸죠."

옆에서 선현주가 끼어들었다.

"저도 그렇게 생각합니다."

아발란체 광고에 삽입된 음악의 제목도 'Avalanche'였다.

동명의 유니크 등급 음악 덕분에 아발란체라는 이름을 사람들의 뇌리에 확실하게 각인시키며 그 몫을 톡톡히 해냈다.

광고용 음악의 유튜브 조회 수가 10억을 넘긴 데다가, 오죽하면 유튜브의 임원이 직접 전화를 걸어 광고 스킵률이 절반이 안 된다는 사실을 알려왔을 정도였으니 말이다.

"그런데… 대체 어째섭니까? 티켓을 현장에서 파는 건 솔직히 미친 짓이었어요."

"압니다."

"그럼 왜…?"

"별거 아닙니다. 단순한 호기심이었어요."

"호기심?"

"그냥 온라인으로 팔면 당연히 매진될 테니까, 호기심이 일었습니다. 현장에서 팔면 팬들이 티켓을 사려고 날아올까 궁금했거든요."

"…정말 작곡가님이 아니면 불가능한 발상입니다."

남선호는 평소 현일을 존경하고 있었지만, 이번만큼은 도저히 현일의 발상을 이해할 수 없었다.

하지만 뭐 어떤가.

'천재의 똘기라는 게 이런 걸 뜻하는 거였군… 너무 무섭다…….'

현일은 미소를 지었다.

사실 중요한 이유가 하나 더 있었다.

90%에서 도통 오를 생각을 하지 않던 명성 도전 과제를 해결

하기 위해서였는데, 그 효과는 탁월했다.

'97퍼센트까지 올랐다.'

현일은 주먹을 불끈 쥐었다.

이번 공연이 끝나면 도전 과제를 클리어하고, 나아가 신화 등급의 음악을 해제할 수 있을 거라는 확신이 들었다.

하여간 현일과 MMF는 이런저런 얘기를 하면서 공연장을 주욱 둘러보았다.

그러던 중 문득 남선호가 물었다.

"그러고 보니 가은 씨는 어디 계십니까? 같은 식구인데 한 번도 뵌 적이 없네요."

"아, 그런가요?"

"네."

떠올려 보면 은가은은 MMF뿐만 아니라 GCM 소속의 다른 아티스트들과도 인연이 깊지는 않았다.

서로 장르가 많이 다르다 보니 접점이랄 게 없던 데다가, MMF나 은가은이나 외국이 주 무대이니 말이다.

"사내에서라도 한 번도 만난 적이 없다는 말입니까?"

"네. 한 번도요."

같은 미국 법인 소속이기에 서로 한 번쯤은 마주쳤을 거라고 당연하게 생각하고 있었다.

'근데 전혀 없다니.'

현일도 GCM 뮤지션들의 일거수일투족을 줄줄이 꿰뚫고 있는 건 아니니 말이다.

"그럼 잘됐네요. 지금 잠깐 보고, 공연 끝나고 같이 식사라도 하시죠."

"좋습니다."

*　　　*　　　*

은가은과 MMF.

클래식과 락.

전혀 어울릴 것 같지 않은 두 장르의 융화가 첫 아발란체의 콘셉트였다.

다만 합연은 아니고, 처음 은가은이 공연을 선보인 뒤 그다음 순서로 MMF가 공연하는 거였다.

개장인 만큼 간을 보는 것이다.

"와아아아아아아!!!"

우우우웅.

시간이 되자 무대의 대형 스크린에서 10만 명 모두가 몇 번이고 보았던 아발란체 광고가 재생되었다.

10만 석을 꽉 채운 관객들의 우렁찬 함성은, 음향학적으로 최적의 공간감을 형상시키기 위해 설계된 벽에 반사되었다.

가히 귀를 먹먹하게 만들 정도였다.

무대 뒤,

"작곡가님 화이팅!"

은가은이 주먹을 불끈 쥐며 현일을 응원해 주었다.

"후……."

현일은 애써 엄지를 척 들어 보이고는 고개를 돌렸다.

'이런 느낌이었구만.'

마이크를 연신 만지작거리면서 긴장하는 현일.

작곡가로 살아온 경력이 짧지 않다고 자부하지만, 첫 공연에 나서는 가수들의 심정을 이제야 절실히 깨달을 수 있었다.

GCM 엔터의 뮤지션을 포함한 모든 직원에게 역사적인 순간이기에, 대표 프로듀서이자 동시에 CEO인 현일이 직접 소감을 발표하기로 한 것이다.

현일이 무대에 들어서자마자 또 한 번 우레와 같은 박수와 함께 환호성이 터져 나왔다.

십만 쌍의 시선이 오직 한 사람에게 내리꽂혔다.

현일이 마이크를 들자 이내 함성은 점점 잦아들었다.

그리고 입을 열었다.

"반갑습니다. 관객 여러분. 작곡가 최현일입니다."

스크린에는 현일이 하는 말이 여러 언어로 번역되어 나타났다.

"와아아아아!!"

"GCM! GCM! GCM……!"

객석 어딘가에서 GCM을 외쳤다.

그 함성은 마치 바다처럼 객석이라는 물결을 타고 파도가 되었다.

"감사합니다. 여러분도 반갑다는 마음이 전해집니다. 아부다비 현지에 사시는 분들도, 먼 이국에서 여기까지 날아오신 분들도 저희의 공연을 보러 와주셔서 진심으로 감사의 말을 전하고 싶습니다."

물 한 모금을 마시고 말을 이었다.

"한 시간 반 동안, 제가 작곡한 20여 개의 곡을, 은가은과 MMF가 연주해 줄 겁니다."

"와아아아아!"

"기대해 주세요!"

곧바로 은가은이 모습을 드러냈으니, 관객들은 환호하느라 숨 쉴 틈도 없었다.

"괜찮았어?"

"완전 멋있었어요! 짱!"

이번엔 은가은이 엄지를 척 올려 보였다.

둘은 가볍게 포옹을 한 뒤에 각자가 있어야 할 곳으로 발걸음을 옮겼다.

한 명은 피아노 앞으로, 한 명은 무대 뒤로.

그렇게 공연이 시작되었다.

* * *

공연이 끝난 후 뒷정리를 마치고 다 같이 식사를 한 후에 전용기에 올랐다.

바가 있는 칸에서 현일은 MMF와 함께 술잔을 기울였다.

은가은은 오렌지 주스였지만.

"오늘 공연 진짜 대박이었어요."

호들갑을 떨어대는 은가은의 심정을 잘 알 것 같았다.

"십만 명이 지켜보는 무대에 저 혼자 올라가는데, 심장 떨어지는 줄 알았다니까요?"

옆에서 듣고 있던 MMF가 조용히 고개를 끄덕였다.

현일이 가만히 미소 지었다.

"나도 그랬어."

"우리의 고충을 이제 이해하시는 겁니까? 작곡가님."

"하하하. 예."

"그래도 아쉽네요."

"어떤 점이요?"

"두 시간이 너무 빠르게 지나간 것 같습니다."

먼 길 날아온 10만 명의 인원을 두 시간 만에 돌려보내는 건 아쉬운 일이었다.

그래도 앙코르 연주까지 해줬으니 팬들은 연인과, 가족과, 친구와 함께 평생 잊지 못할 추억을 남겼을 것이다.

"그만큼 즐거운 시간이었단 뜻이겠죠."

"그렇습니다."

은가은과 MMF의 공연을 가만히 앉아서 지켜보는 것만으로도 충분히 행복한 시간이었다.

[현 인구의 50% 이상이 당신의 존재를 알게 하십시오. 98/100]

'도착할쯤엔 풀려 있을라나?'

대체 그놈의 신화 등급을 해금하면 무슨 일이 벌어질지 기대되었다.

—오늘 아발란체에서 열린 공연 현장입니다.

TV에서 현일에 대한 이야기가 흘러나오고 있었다.

아발란체의 웅장함을 설명하는 것을 시작으로, 세계 유수의 작곡가들과 음악 업계 종사자들에게 현일에 관해 이야기를 나누고 있었다.

현일과 은가은, 그리고 MMF는 가만히 TV 소리에 귀를 기울였다.

남선호가 단숨에 잔을 비우고는 제 일인 양 기뻐했다.

"캬~ 방금 들었어요? 세계 최고의 작곡가랍니다."

세계 최고의 작곡가.

무협식으로 표현하자면, 천하제일(天下第一) 작곡가쯤 될 것이다.

TV 속에서, 패널에 앉아 있는 노먼 칼리 교수가 입을 열었다.

"대중음악, 광고 음악, 게임 음악, 드라마, 영화, 예능, 클래식 등등… 한 가지 장르에서 일인자의 자리에 오르는 것이 얼마나 어려운 일인지 우리 모두 알고 있습니다. 그런데 그는 그 모든 장르에 통달했습니다. 그가 이 시대 최고의 작곡가라는 것에 이견이 없습니다."

과연 현일은 상상이나 했을까.

그러한 최고의 작곡가라는 타이틀이 본인에게 붙을 것이란 것을.

"또한, 유니버셜 뮤직의 CEO인 제퍼슨 레닝턴은… OO지에서는 작곡가 최현일을 세계에서 가장 영향력 있는 사람 TOP 10에 선정하였습니다."

"오오~"

주위에서 감탄사가 터졌다.

"탑 텐이면 대통령보다 영향력 있다는 거 아닙니까?"

"에이, 말이 그렇다는 거겠죠. 뭘."

해당 칼럼의 작자는 현일이 음악으로 사람들의 몸과 마음을 들었다 놓았다 한다는 식으로 설명을 늘어놓았다.

'음, 틀린 말은 아닌가.'

국제공항을 두 곳이나 마비시킨 전례가 있으니 말이다.

'이제 때가 됐어.'

최고의 작곡가라는 타이틀이 붙었으니, 그 명성에 걸맞은 곡을 만들어볼 때가 온 것이다.

현일은 잠시 뒤 떠오를 메시지를 기다렸다.

[현 인구의 50% 이상이 당신의 존재를 알게 하십시오. 100/100]

'됐다!'

['신화' 등급을 해제하십시오. 3/3]

[성공적으로 해제하였습니다.]

[축하드립니다!]

현일은 문득 의문이 들었다.
'축하한다라.'
대체 누가?
이 메시지를 보내는 건 도대체 누구인 것일까.

[10, 9, 8, 7, 6……]

아무런 설명도 없이 메시지 창은 카운트를 시작했다.
현일은 말없이 앞으로 일어날 일을 기다렸다.

[…1, 0]

숫자가 0으로 떨어졌다.
동시에 현일은 정신이 아득해지는 것을 느꼈다.

*　　*　　*

'뭐야……?'
새하얀 공간이었다.
그렇게밖에는 표현할 수가 없었다.
말 그대로, 하얀빛 외엔 아무것도 없었다.
현일은 사방팔방이 모두 새하얀 빛무리밖에 없는 곳에 서 있었다.
'대체 여긴 어디지?'

'서 있다'는 표현이 맞는지조차 분간이 가지 않았다.
'바닥이 있기는 한 건가?'
전신이 허공에 붕 떠 있는 느낌.
마치 꿈을 꾸는 듯한 기분이었다.
현일은 자신의 피부를 꼬집어보았다.
'꿈이 아냐.'
아팠다.
현실이었다.
여긴 대체 어디인지, 왜 자신이 이런 곳에 있는지에 대한 고민을 거듭하고 있었으나, 오래가진 않았다.
왜냐하면…….
—최현일.
'……?!'
누군가 자신의 이름을 불렀기 때문이었다.
그것은 남자도 아니고, 여자도 아닌 듯한 중성적이고 신비로운 목소리였다.
또한 고결하기 이를 데 없었다.
귀로 듣는 것이 아니라 머릿속에서 직접 울리는 듯한, 뭐라 말로 표현할 수 없는 기묘한 감각이었다.
현일은 조심스레 입을 열었다.
"…누구시죠?"
—그대를 이곳으로 불러낸 자.
예상하고 있었다.
그의 모습은 여전히 나타나지 않았다.

다만, 들릴 뿐이었다.

'누구'인지는 모르겠지만, 분명 자신을 이곳으로 불러낸 이유가 있을 터.

묻고 싶은 것은 산더미 같았지만, 혹여 선불리 입을 열었다가 괜히 신경을 건드릴까 그, 또는 그녀, 아니면 '다른 무언가'의 말을 잠자코 기다렸다.

—어떤가? 제2의 인생은 마음에 들었는가?

말을 하는 '존재'의 모습은 보이지 않았지만, 현일은 절로 고개를 끄덕였다.

"마음에 듭니다. 너무 행복합니다."

—그렇군.

"예!"

'존재'의 목소리를 들을수록 압도되는 기분이었다.

아무런 멜로디도, 어떠한 선율도 없는 무덤덤한 어투였지만 그 자체가 천상의 하모니와도 같았다.

—묻고 싶은 것이 많을 것이다.

"그렇습니다."

—무엇이든 딱 한 가지, 가르쳐 주겠다.

"아무거나 괜찮습니까?"

—물론.

어쩌면 '신'이라고 추정되는 존재가 나타나서 자신에게 묻고 싶은 것이 있냐고, 무엇이든 단 한 가지만 대답해 주겠다고 말한다면 사람들은 무엇을 물어볼까.

부자가 되는 방법? 출세하는 방법? 평생 놀고먹을 수 있는 방법?

그런 실리적인 질문을 하는 사람도 있을 것이고,

우주의 기원과 끝, 우주의 바깥엔 무엇이 있을지, 생명체는 어떻게 만들어지는지, 또는 빛의 속도를 뛰어넘을 수 있는 기술 등등.

지식을 추구하는 사람도 있을 것이요,

당신은 누구인가? 또 여긴 어디인가?

대담한 질문을 하는 사람도 있을 것이다.

적어도 현일은 그런 것을 생각해 본 적이 없었다.

정말 별의별 오만 가지 생각이 다 들었다.

막말로 과학적 질문 하나만 던져서 듣는 대답을 그대로 논문으로 작성해서 발표하면 인류 역사에 길이길이 남을 위대한 과학자가 되는 것도 식은 죽 먹기일 것이다.

만약 영서의 백혈병이 치유되지 않았다면, 고칠 방법을 물어보았겠지.

'하지만…….'

현일은 마음을 차분히 가라앉혔다.

어차피 질문은 처음부터 정해져 있었다.

지식도, 지혜도, 실리도 아니었다.

다만 그저 이유를 알고 싶었다.

"왜 저를 과거로 돌려보내 주신 겁니까?"

—과연, 그게 궁금한 거로군.

현일은 꿀꺽 침을 삼켰다.

—그대의 음악이 내 마음을 움직였기 때문이다.

"…네?"

현일은 저도 모르게 바보 같은 음성이 튀어나왔다.

회귀 전에 자신이 만든 곡을 곰곰이 떠올려 보았지만, 아무리 생각해도 신에게 닿을 만한 음악을 만든 기억은 없었다.

정작 누구의 마음도 움직이지 못했는데.

—기억하지 못하는 것이 당연하겠지. 그때 그대는 잠들어 있었으니.

"저… 무슨 말씀이신지 도무지 이해가 안 갑니다."

—그대를 과거로 돌려보내기 전, 바로 그날을 기억하는가? 그대는 무척 화가 나 있었지.

현일은 고개를 끄덕였다.

"그랬죠."

블랙베일 걸스가 떠올랐다.

현일은 제2의 인생을 살면서, SH 엔터를 몰락시킨 후에도 끝내 블랙베일 걸스라는 이름의 그룹은 만들지 않았다.

—그때 그대가 기절해 있던 도중, 그대가 무심코 흥얼거린 멜로디가 나에게 닿은 것이다.

"……."

상상도 못 했다.

그런 일이 있었을 줄이야.

—좋은 노래를 들려준 것에 대한 감사의 뜻으로 그대의 마음 속 가장 간절한 소망을 이루어주기로 한 것이다.

"그렇군요."

—인간이 그런 멜로디를 만들어낼 수 있을 거라곤 생각지 못

했다. 그대가 보여준 경이로움에 대한 나의 보답이라고 생각하면 좋겠군.

'존재'의 목소리에선 언뜻 놀라움의 감정이 담겨 있는 듯했다.

현일은 내면에서 거대한 환희가 차오르는 것을 느꼈다.

그렇다면 인류 역사상 이 '존재'를 대면한 것은 자신이 최초란 말이 아닌가.

또한, 한 명의 인간으로서 이 불가해한 '존재'에게 경이로움을 선사한 것이다.

최소한 음악으로는 말이다.

—그럼 의문이 풀렸을 테니, 원래 있던 곳으로 보내주겠다.

"네."

더 묻고 싶고 궁금한 것이 가득했지만 괜한 욕심을 부릴 때가 아니라는 건 바보라도 알 터였다.

"감사했습니다."

다시 정신이 아득해지는 와중에, 마지막 음성이 아련하게 울렸다.

—부디 그 곡을 완성할 수 있기를.

* * *

번쩍.

새하얀빛이 다시금 현일의 눈을 자극했다.

'또 하얀 방이로군.'

좀 전과 다른 점이 있다면, 전기로 만들어진 인위적인 불빛이라는 정도.

무엇보다 푹신한 매트리스와 베개, 이불의 따스함이 느껴졌다.

병원 특유의 냄새가 맡아졌다.

그제야 손목 부근에서 이물감이 느껴졌다.

링거 주사였다.

'병원인가.'

문득 옆으로 고개를 돌리니, 하얀 유니폼을 입고 있는 묘령의 여자와 눈이 마주쳤다.

그녀는 살짝 놀란 눈빛으로 말했다.

"어… 잠시만 기다리세요! 의사 선생님을 불러올게요!"

얼마 후, 의사가 와서 몇 가지 간단한 체크를 하고는 말했다.

"다행히 신체에 큰 이상은 없습니다."

"제가 기절한 겁니까?"

"예. 과로로 인한 피로 및 스트레스가 원인인 듯합니다. 몇 주 동안 안정을 취하세요."

"세간에도 그렇게 알려졌나요?"

"네?"

이내 의사는 눈앞의 환자가 여기로 실려 왔을 때 각종 미디어가 시끌시끌했던 것을 떠올렸다.

"아, 예. 뭐… 그렇죠."

"그렇군요… 아무튼 감사드립니다."

"제 일인데요 뭘."

그때였다.

밖에서 소란스러운 소리가 들린 것은.
"병원에서 뛰어다니시면 안 됩니다!"
누굴까.
간호사에게 저런 소리를 들을 정도로 성격이 급한 사람은.
이내 현일이 있는 특실의 문이 벌컥 열렸다.
"작곡가님!"
한지윤이었다.
"지윤아!"
그녀가 터벅터벅 다가왔다.
급기야 훌쩍이기 시작했다.
"작곡가님… 흐윽……."
한지윤 혼자 무대 의상을 입고 온 것을 보니, 아마 촬영을 펑크 내고 온 것이 분명했다.
"무사하셔서 다행이에요… 얼마나 걱정했다구요……."
자신의 몸을 부둥켜안고 울먹거리는 그녀를 보니 마음 한구석이 쓰라렸다.
당장은 스케줄에 대해서 지적하지 않기로 했다.
현일이 그녀의 등을 토닥이며 안심시켰다.
"난 괜찮아. 그냥 피로가 많이 쌓여서 그래."
"만약 작곡가님이 어떻게 되면… 저는… 저는……."
"괜찮대도."
"그치만……."
현일은 한지윤을 안심시켰다.
"그런데 다른 멤버들은? 같이 안 왔어?"

"지금 백 실장님이랑 오고 있을 거예요."

한지윤이 그렇게 말하자마자 맥시드와 백 실장이 찾아왔다.

현일 혼자 쓰는 특실이었기에, 몇 명이 오든 문제는 없었다.

의사는 환자가 안정을 취해야 한다며 걱정하긴 했지만, 현일은 괜찮다고 말했다.

"작곡가님!"

들어온 모두가 한마음으로 외쳤다.

"애들아."

"괜찮으세요?"

"괜찮아. 아무 이상 없어. 진짜야."

앞으로 괜찮다는 말을 몇 번이나 해야 할까.

"걱정했잖아요. 정말!"

"그러게 진즉에 스스로 관리 좀 하셨어야죠!"

"알았어. 살다살다 직원한테 잔소리를 다 듣네."

그렇게 말하는 현일의 입가엔 미소가 머금어져 있었다.

이렇게 자신을 걱정해 주는 사람이…….

"형!"

"영서야!"

현일은 얼른 침대를 뛰쳐나가 영서를 부둥켜안았다.

뒤에서 한지윤의 미묘한 시선이 느껴지는 것은 자신의 착각이리라.

그 뒤로도, 몇 분 간격으로 하나둘씩 사람들이 들이닥치기 시작했다.

"작곡가님!"

“한 대표님.”
“작곡가님.”
서정현도.
“작곡가님!”
이하연도.
“큰일이 아니라서 정말 다행입니다. 심장이 철렁했다고요.”
MMF도.
“작곡가님!”
은가은.
“현일아!”
안시혁.
“다행이다.”
김성재.
“이제 일어나셨어요?”
이지영.
“아니, 이게 어찌 된 일입니까, 대표님!”
직원들.
한준석이 피식 웃으며 말했다.
“이거 본의 아니게 GCM 엔터 정모가 된 것 같은데요.”
“하하하하.”
여기저기서 웃음이 터졌다.
“크흐흐… 흐으흐흐흑…….”
한 줄기의 눈물이 현일의 뺨을 타고 내렸다.
스스로도 웃고 있는 건지, 울고 있는 건지를 알 수가 없었다.

자신이 없어도 회사는 잘 돌아갈 거라고 생각했었는데, 아무래도 그렇지 않은 모양이다.

"사랑합니다, 여러분들… 진심으로……."

고마웠다.

*　　　　*　　　　*

대부분 돌아갔을쯤엔, 영서와 둘만 남아 있었다.

"형 완전 인기인이네."

"그러게. 유명해진다는 게 썩 나쁜 건 아닌 것 같아."

온종일 울려대는 전화기를 진정시키느라 진땀을 뺐다.

"아무튼 이제 가자. 퇴원 수속도 밟았으니."

"응."

병원 복도를 걸으면서 영서가 말했다.

"솔직히 내가 제일 먼저 왔기를 바랐는데."

현일이 짧게 웃었다.

"나도 눈 떴을 때 네 생각이 가장 먼저 나더라."

첫 번째 인생에서 영서를 잃었던 건 너무 아픈 기억이었다.

그렇기에 잊히지 않는다.

"정말이야?"

현일이 잠시 눈을 감았다 떴다.

"네가 백혈병에 걸렸을 때, 내가 대신 죽을 수 있다면 그렇게 하고 싶었어."

"나 그 정도까진 안 갔는데."

"그래서 천만다행이지."

잠시 후, 옆에서 훌쩍이는 소리가 들렸다.

"우냐? 짜식이."

"형도 아까 울었으면서……."

"그래, 인마. 실컷 울어라."

현일은 화제를 돌렸다.

마침 평소에 묻고 싶었던 게 있었다.

"근데 너, 하연이랑 결혼할 거냐?"

영서의 볼이 붉어졌다.

"뭐, 뭐, 뭐, 뭐?!"

"할 거야 말 거야?"

"하, 하겠지? 아마?"

"으음, 엄청 사랑하나 보네."

"당연하지. 근데 그건 왜?"

현일은 추억을 회상했다.

"너 옛날에 네가 했던 말 기억 나?"

"어떤 말?"

"나중에 크면 돈 많이 벌어서 성 짓고 살자고 했잖아."

"아~"

"날 잡아서 같이 결혼하자. 지윤이랑 나랑, 너랑 하연이랑. 그리고 어디 조용한 해변가에 으리으리한 저택을 짓고 함께 사는 거야."

"난 역세권이 좋은데."

"그것도 좋고."

영서가 옆으로 고개를 돌렸다.

귀가 빨개져 있었다.

"…형은 날 너무 좋아하는 거 같애. 징그럽게."

"아이구, 하연이보다 내가 더 널 사랑할 거다."

"흐흐흐. …고마워, 형. 여러 가지로. 정말."

"우리 좀 이따……."

현일은 말을 잇지 못했다.

출구에서 애틋한 얼굴을 마주쳤기 때문이었다.

"작곡가님……."

"왔었구나."

"일찍 병문안 가려고 했었는데… 중요한 일이 있어서……."

"아냐, 와준 것만 해도 고맙지."

그녀가 어색한 미소를 그렸다.

"사이좋아 보이시네요. 두 분."

왠인지 애잔함이 느껴지는 말이었다.

"음."

"…그럼 전 이만, 가볼게요."

"성아야."

그녀, 김성아가 뒤를 돌아보았다.

"뮤지컬 꼭 하자!"

김성아는 아무 말 없이 발걸음을 옮겼다.

그녀가 무슨 생각을 하는지 현일은 알 수 없었지만, 다시 고개를 돌릴 때 미소를 짓는 것만은 볼 수 있었다.

"형."

"응?"

"좋아했었지?"

"아주 많이."

오직 영서와만 할 수 있는, 무덤까지 가져갈 비밀 이야기였다.

"가자."

"그래."

둘은 한동안 말없이 걸었다.

회사에서 차로 데리러 오려는 것을 일부러 거절했다.

서로 바쁜 만큼 이 시간이 얼마나 소중한지 알고 있었으니까.

신화 등급 음악에 대한 생각도, 아까 전 잠들어 있을 때 일어났던 일에 대해서도 모두 머릿속에서 치워두었다.

"우리 집까지 같이 걸어가는 거 되게 오랜만이다."

"앞으론 그럴 기회가 좀 더 많아질 거야."

"저택?"

"그렇지."

"염치 불고하고 잘 얹혀살아 주겠어."

"얼마든지."

여러 가지로 파란만장한 하루였지만, 둘의 발걸음은 그 어느 때보다도 가벼웠다.

*　　　*　　　*

일주일 후.

"고민하는 작곡가의 모습이로구나."

안시혁이 테이블에 점심 식사를 내려놓았다.

"먹고 하세요."

이지영이 제안했다.

"그럴까."

어차피 아무것도 안 하고 있으니 배부터 채우는 게 먼저였다.

맞은편에 앉은 김성재가 현일을 보며 물었다.

"요새 무슨 고민을 그렇게 해? 네가 작곡하면서 손도 못 대는 건 처음 본다."

현일은 멍하니 테이블만 바라보다가 말했다.

"형, 진짜 떠올리고 싶은 기억이 있는데 안 떠오를 때 있지 않아요?"

"있지."

안시혁과 이지영이 말했다.

"난 가끔씩 꿈속에서 뭔가 곡을 만들어서 대히트를 치는데 깨고 나면 음이 기억이 안 나더라. 그럴 땐 삶에 회의감이 들어."

"대충 어떤 기억인데요?"

"내가 옛날에 멜로디를 하나 만들었었거든."

그 '존재'는 현일이 잠결에 흥얼거린 멜로디라고 했었다.

그렇다는 것은 자신이 의식하지는 못하고 있지만, 그 멜로디를 알고 있다는 뜻이었다.

신화 등급의 음악.

대체 어떤 식으로 만들어야 '신화'라는 등급이 붙는 것인지 알 수가 없기에, 그 멜로디를 어떻게든 떠올리는 것만이 신화 등급의 결정적인 키포인트가 될 것이다.

"옛날이면 언제쯤?"

"한 십몇 년 정도?"

안시혁이 '풉' 웃음을 터뜨렸다.

"뭐야? 그럼 네가 초등학교 때부터 작곡을 했단 말이야?"

"대충 그렇다 치고요."

"에잇, 역시 넌 재능충이었구만!"

현일은 부정하지 않았다.

어쨌든 남다른 특별한 능력을 가지고 있는 건 사실이니까.

김성재가 잠시 생각하고는 말했다.

"그냥 잊어버려."

"……."

"아무리 해도 안 떠오르는 거, 괜히 붙잡고 있다간 될 일도 안 될 테니까."

맞는 말이긴 했다.

대체 어떻게 해야 할까.

* * *

현일은 김성재의 조언을 받아들였다.

그로부터 몇 개월이 지났을 쯤.

"와… 너 정말 예쁘다!"

맥시드가 한자리에 모여, 한지윤의 모습을 이리저리 뜯어보고 있었다.

한지윤은 수줍게 얼굴을 붉히며 웃었다.

"잘 어울려?"

"응! 응! 진짜 예뻐! 꼭 드레스를 입기 위해 태어난 것 같다니까?"

모든 여자의 로망, 웨딩드레스를 입은 한지윤.

맥시드는 연신 호들갑을 떨어대며 웨딩드레스 차림의 그녀와 함께 사진을 남겼다.

김수영이 아쉬운 어투로 말했다.

"하… 네가 이렇게 빨리 결혼을 하다니."

"하핫."

"아직 대학 졸업할 나이도 아닌데."

"완전 도둑이라니까."

"처음부터 이러려고 우릴 영입한 거야."

"맞아, 맞아."

누가 들으면 오해할 만한 농담을 하는 그녀들이었지만, 얼굴엔 웃음이 가득했다.

그렇게 한지윤은 알던 사람들과 얘기도 하고, 같이 사진도 찍다가 시간이 되자 들러리 역할을 맡은 아빠와 함께 식장으로 이동했다.

두근두근.

오늘은 현일과 함께 있을 때면 늘 바라왔던 꿈이 현실로 이루어지는 날이었다.

"잘 어울리는걸."

같은 웨딩드레스를 입은 이하연.

한지윤은 목례를 하며 대답했다.

"언니가 더 예쁘신걸요."

"에이, 무슨 소리야. 네가 훨씬 예쁘지."

서로의 칭찬과 미래를 늘어놓던 둘에게 안시혁의 목소리가 들려왔다.

그가 이 결혼식의 주례였다.

"신부, 이하연 씨, 한지윤 씨. 입장해 주시기 바랍니다."

둘은 환한 미소와 함께 입장했다.

한편에서 은가은이 피아노를 연주하고 있었다.

짝짝짝짝!

공연을 할 때도 이렇게 열렬한 박수를 받은 적은 없는 것 같았다.

아름다운 신부의 모습을 본 현일과 영서의 얼굴에 자연스레 미소가 지어졌다.

두 명의 신부가, 현일과 영서의 옆에 위치했다.

서로 맞절을 하고.

안시혁이 성혼 선언문을 선포했다.

"오늘 신랑 최현일 군과 신부 한지윤 양, 그리고 신랑 최영서 군과 신부 이하연 양은 일가친척과 친지를 모신 자리에서 일생동안 고락을 함께할 부부가 되기를 굳게 맹세하였습니다. 이에 안시혁은 이 혼인이 원만하게 이루어진 것을 여러분 앞에 엄숙하게 선언합니다."

내빈석에서 박수갈채가 쏟아졌다.

"이제 신랑은 신부에게 키스를 해주세요."

두 명의 신랑이 옆으로 돌아서자, 두 명의 신부가 동시에 얼굴을 붉혔다.

"아주 찐하게!"

"하하하하!"

안시혁의 장난으로 식장은 웃음바다가 되었다.

이윽고 네 명의 입술이 닿았고,

짝짝짝.

휘이익!

여기저기서 박수를 보내거나, 휘파람을 불었다.

"그럼, 가수 서정현 씨의 축가 공연이 있겠습니다."

곧 MR이 흘러나왔고, 김성재가 방송국에서 사용하는 고급 카메라를 들고 그들의 잊지 못할 추억을 담아주었다.

"내가 상상하고~ 꿈꾸던 사람~ 그대~ 정말 사랑하고! 있다고 나 말~ 할 수~ 있어서 믿을 수 없어~! 정말 믿을 수 없어어어어~!"

축가를 듣고, 양가 부모님과 인사를 나누고, 하객에게 인사를 하고, 신랑 신부들이 문 쪽으로 행진해 나갔다.

*　　　*　　　*

집으로 가는 길.

두 쌍의 부부가 같은 차 안에서, 같은 집으로 향하고 있었다.

뒷좌석에 앉은 영서가 이하연에게 말했다.

"아직 우리 살 집 본 적 없지?"

"어. 외곽 쪽이라고는 들었는데."

운전하고 있던 현일이 말했다.

“진짜 기대해도 좋아.”

“어떻게 생겼어요?”

“으리으리한 저택이지.”

“정말이에요?”

“그럼.”

영서가 초를 쳤다.

“진짜 좋긴 좋더라. 선착장도 전용기 활주로도 없지만.”

“쯧. 어쩌겠냐. 그런 집은 다른 나라에서 알아봐야지.”

회사가 서울에 있는데 지방에서 살 수는 없는 노릇이었다.

현일은 창문을 내렸다.

사랑하는 사람들, 시원하게 불어오는 바람이 현일에게 이 세상에 살아 있다는 것의 행복을 느끼게 해주었다.

휘이이~

절로 휘파람이 나왔다.

가만히 듣고 있던 영서가 물었다.

“형. 그 노래 좋다. 제목이 뭐야?”

한지윤과 이하연도 한 마디씩 거들었다.

“그러게요. 처음 듣는 노랜데.”

“요즘 작곡하고 계신 건가요?”

현일이 무슨 소리를 하냐는 듯 되물었다.

“뭐? 무슨 노래?”

“방금 형이 휘파람 부른 노래 있잖아.”

“내가 그랬어?”

현일은 뭔가 이상하게 돌아가고 있다는 걸 알아차렸다.
한지윤이 고개를 끄덕였다.
"네. 부르셨어요. 휘파람."
"…어……?"
현일은 차를 세웠다.
'……!'
뇌리를 번개가 스치고 지나간 느낌.
"왜 그래?"
"기억났다."
"뭐가?"
"멜로디!"
만약 자신의 생각이 맞다면…….

* * *

"요즘 화제인 뮤지컬의 현장입니다. 저기 출연 배우가 보이는군요."
"언니!"
"벌써 와 있었구나."
"정말 친해 보이는 민유림 씨와 김성아 씨의 모습인데요, 한번 다가가 볼까요? 먼저 민유림 씨에게 물어보고 싶은 게 있는데요!"
"네? 작곡가님에 대해서요? 음… 아주 유능한 작곡가이시죠! 저희 대표님이고!"

"김성아 씨는요?"

"저도 정말 훌륭한 작곡가라고 생각해요. 역사에 길이 남을 작곡가. 최고. 그리고… 제 꿈을 이뤄주셔서 고마워요."

김성아가 엄지를 척 들어 보였다.

칙.

화면이 바뀌고, 두 명의 소녀가 나타났다.

"맥시드의 잠정 활동 중단은 너무 아쉽지만, 언젠가 다시 뭉칠 수 있을 거라고 믿어요. 그리고! 작곡가님 파이팅!"

"작곡가님. 저 김채린이에요. 지금 와서 말하긴 좀 그렇지만… 그 전에 한지윤 너 귀 막아."

"뭔데 그래?"

"저 작곡가님 좋아했어요."

"역시 그럴 줄 알았어."

"하아… 그냥 말하고 나니까 차라리 홀가분하네요. 아무튼 여러모로 감사했어요. 앞으로도 신세 많이 질게요!"

"안녕~"

다음 비디오는, 잔잔한 클래식이 흘러나왔다.

"작곡가님. 혹시 GCM 엔터 가수들이 하는 말이 뭔지 알아요? '드림 메이커'예요. 어제 라스베가스에서 공연을 했는데, 제가 무대에 올라가니까 객석에서 계속 작곡가님의 이름이 들리더라구요. 그때 속에서 막 울컥하는 거 있죠? 작곡가님을 만나지 못했더라면 과연 피아노를 계속 칠 수 있었을까 생각도 들었어요. 음, 아무튼 행복한 신혼 생활 보내시길 바라요!"

그다음은, 밴드였다.

"저와 작곡가님이 처음 만난 날에 하셨던 말 혹시 기억나십니까? 세계 최고의 밴드를 만들어보자고 하셨었죠. 전 그때 마냥 농담으로 웃어넘겼는데, 이제는 깨달았습니다. 작곡가님이 지금껏 하셨던 말들, 일들이 통째로 진짜였다는 거. MMF, 'Make Me Famous' 유명하게 만들어주셔서 진심으로 감사드립니다. 존경합니다. MMF의 절 한번 받으십쇼."

치직.

"크~ 축하한다, 영서도, 현일이도. 설마 네가 그렇게 이쁜 신부를 얻어갈 줄 누가 알았겠냐? 막 주변에서 얘기 들리던데, 설마 진짜로 그러려고 GCM 엔터 차린 건 아니지? 하하하하!"

"신혼 생활 행복하게 보내고, 다 같이 해외여행 길게 갔다 와. 예전에 프랑스에 7박 8일로 여행간 적이 있는데 거기서만 한 달은 충분히 보내겠더라고."

"하연아, 지윤아, 언니가 너희들 격하게 아끼는 거 알지? 만약 서방이 못되게 굴면 나한테 일러!"

그다음은 서정현이.

"처음에 작곡가님이 GCM 엔터를 견학시켜 주시고, 돌아갈 때 마이크를 선물해 주신 것……. 정말 감개무량했었습니다. 이게 꿈인가 생시인가 하고… 사실 아직도 이 모든 게 꿈만 같아요. 아마 작곡가님도 동감하실 것 같습니다. 왠지는 저도 잘 모르겠네요. 그리고, 결혼식 때 다들 정말 행복해 보이셨어요. 신랑분들도 신부분들도 분명 서로를 행복하게 해줄 겁니다."

마지막으로 한준석이 나왔다.

"최 대표님. 지금까지 정말 수고 많으셨습니다. 물론 앞으로도 수고하셔야 하겠지만, 안 계실 동안 GCM 엔터는 저와 임원들이 책임지고 굴리겠습니다. 편안하고 행복한 신혼여행 되시기 바랍니다."

비디오를 보는 네 명의 가족의 표정은 무척이나 흐뭇하고 행복해 보였다.

현일이 두 팔을 벌렸다.

"애들아, 한번 안아보자꾸나."

"뭐 하는 거야? 징그럽게."

"여, 여보?"

"현일 오빠… 주책이에요."

"전부 내 품에 안겨!"

"크흐흐흐!"

"꺄!"

"으악!"

*　　　*　　　*

가족들과 바비큐도 굽고, 노래도 부르고, 게임도 하면서 신나게 놀던 와중.

현일은 자택의 작업실로 올라갔다.

기분 좋은 휘파람을 부르면서.

"자~"

책상 앞에 앉아 컴퓨터를 켰다.

'나의 역사를 만들어볼까.'

현일은 문득 하늘을 올려다보았다.

"완성했습니다."

비록 하늘은 천장에 가로막혀 있었지만, 분명 그 '존재'에게 전해지리라 믿어 의심치 않았다.

"그리고 감사했습니다."

['신화' 등급의 음악을 작곡하셨습니다!]

[축하드립니다.]

[이제 음악 제국을 건설하여 세계를 지배하세요!]

『작곡가 최현일』 완결